とぎれた言葉

ダイアナ・パーマー
藤木薫子 訳

ハーレクイン
SP文庫

SNOW KISSES

by Diana Palmer

Published by Harlequin Japan,
a Division of K.K. HarperCollins Japan, 2025

ダイアナ・パーマー

シリーズロマンスの世界でもっとも売れている作家のひとり。各紙のベストセラーリストにもたびたび登場している。かつて新聞記者として締め切りに追われる多忙な毎日を経験したことから、今も精力的に執筆を続ける。大の親日家として知られており、日本の言葉と文化を学んでいる。ジョージア州在住。

◆主要登場人物

アビゲイル・シェーン……ファッション・モデル。愛称アビー。
ケイド・マクラレン………アビーの隣人。牧場主。
メリー・シェーン…………アビーの妹。ケイドの個人秘書。
ジェリー・リッジリー……メリーのフィアンセ。ケイドの牧場のマネージャー。
ハンク………………………ケイドの牧場のカウボーイ。
カラ・リビングストン……ケイドの牧場の家政婦。

1

ここはモンタナ州南部、道といってもみずみずしい春の草に轍《わだち》が二本ついているだけ。ハンクはトラックをまるで戦闘中の戦車みたいに運転していた。けれどもアビーは歯をくいしばったまま、ひとこともいわない。五十歳を越えたハンクはまるで牧場の仕事を忘れてしまったかのような運転ぶりだけれど、スピードをゆるめてなどといって機嫌をそこねることは避けた。

ケイドの飼っている顔の白いヘレフォード種の牛が、起伏のなだらかな丘で春の草を食《は》んでいた。モンタナ州のビッグ・スカイ地方といわれるだけあって、青い空の天蓋《てんがい》のもと、牧草地がゆるやかな起伏をなしてどこまでもつづく。草のなかに黄と青のデリケートな野生の花が混じっていて、アビーには子どものころこれを摘んだ懐かしい思い出がある。ここへ来れば彼女もニューヨークと、二週間まえの悪夢を忘れることができる。いわば世間から逃れて傷を癒《いや》すことができるような気がした。ひざにのせたハンドバッグを握りしめながら、口もとをかすかにほころばせる。こうしてマクラレン牧場に戻ってくると、自分が名のとおったファッション・モデルだなんて嘘みたいで、生まれてこのかたモンタナ州南部のこの牧場から一歩も外へは出たことがなかったような気がしてくる。牧場は父の死後、日の出の勢いで大きくなっていくケイドの牧場に買い取られた。三年まえのことである。

しかし、そこには妹のメリーがいる。妹にはケイドの個人秘書といううらやましい仕事があり、自活しながらフィアンセであるマネージャーのジェリーのそばにいられる。

ケイドはアビーがニューヨークへ行くことには賛成せず、その気持ちを隠そうともしなかった。いまになって彼女は、かれのいうことに耳を傾ければよかったと思う。つかのま有名になったからといって、そのために払った犠牲はとうてい埋め合わせがつかない。

ケイド・マクラレンが太陽であり月であった、あの初心《うぶ》な時代はすでに過去のもの。二度と取り戻すことはできない。それを思うとつらかった。とりわけ、かれにベッドへ連れていかれた遠い十代の記憶が悲しかった。それは後生大事にしてきた追憶だったが、いまとなってはニューヨークから持ち帰った悪夢の一部に変わってしまった。彼女は、苦しみに萎《な》えた心で、二度と男にからだを許すことができないんじゃないかしらと思った。

ハンクの運転が乱暴で、トラックがぐいっと傾いた。アビーはため息をついてハンドバッグを握りしめた。

「すまんな」ハンクはつぶやいて顔をこわばらせ、ハンドルにおおいかかるようにしながら、「トラックはいかん、馬にかぎるよ」といった。

アビーは内心ひそかに笑った――一度などは頭をのけ反らせて吹き出すところだった。十八歳でペインテッドリッジをあとにしたときは柳みたいにたよりなく、かぼそい女の子だった。それがいま、二十二歳の都会的な女になって戻ってみると、どこか場ちがいで、こうしてポンコツのトラックに乗っている姿は、ケイドにタキシードを着せてニューヨークの街角に立たせるのと同じくらい不釣り合いだった。

「忙しいでしょう」不規則に広がる牧場の家が見えてきたとき、アビーがきいた。

「手がふさがりっぱなしだよ」ハンクはまえ置き抜きでいった。「嵐の予報は出る、牛の子はつぎつぎと生まれる、でな」

「雪は?」とききながら、アビーはみずみずしい緑に目を見張った。いまは四月だが、モンタナ州ではまだ雪の降る可能性がある。

トラックが門にさしかかった。ハンクはエンジンを空転させたままいつのまにかトラックを降り、門を開けにかかっていた。

「トラックをなかに入れてくれ!」とかれは大声でいった。

十分間に、これで十回めになるだろうか。アビーはおとなしく運転席に移り、ギアを入れた。

子どものころを思い出すと、ひとりでに微笑みが浮かんだ。牧場の子は必要に迫られて早くから車の運転を身につける。アビーが見よう見まねで覚えたのは、十一歳のときで、以来こうしてハンクの開けた門を、かれに代わってトラックをなかへ入れる仕事をやってきた。何千平方キロもの牧場を囲う柵の数は、かぞえきれないほどあった。

門のなかに乗り入れると、また助手席に戻った。ハンクは門を閉めて運転席に戻る。かれがいつからここに雇われているのか、アビーは知らない。ともあれ牧場きっての経験豊かなカウボーイだった。

「ニューヨークか」かれは蔑んだようないい方をして、じろりとアビーを見た。噛み煙草を口に含んで鼻を鳴らすと、「あんなところへ行かなきゃよかったんだよ。同じ年ごろの娘《こ》はたいてい結婚しているがな」といった。

その言葉でアビーは身をふるわせた。彼女は目を曇らせながら、「ケイドは牧場にいるの?」となにげなくきいた。

「パイパー機で迷い牛を探しているよ。雪が降るまえに見つかるといいんだが。去年の春なんか、子牛が百頭も雪でやられちゃったからなあ」

ちっちゃな子牛が雪で凍死するさまを思い描くと、色の薄い彼女の目が曇った。ある冬の夜のこと、ケイドが顔の白いヘレフォード種の子牛を鞍に乗せて帰り、アビーは納屋でからだを暖めてやるのを手伝ったことがあった。かれは疲れて不機嫌で、不精ひげを生やしていた。アビーはかれにコーヒーを運び、ふたりして子牛のからだが暖まるまで納屋にいた。あのときのことを思い出すと、いまでも胸が熱くなる。しょっちゅう口げんかをしていたけれど、ケイドは自分の生活の一部みたいなもので、いっしょにいてくつろげるたったひとりの人だった。

「聞いているのかね？」ハンクが不満そうな声を出した。「ほんとによ、アビー」

「あら、ごめんなさい」アビーは相手の声にたじたじとなってあやまった。「なんていったのかしら？」

「そろそろ腰をおちつけたらどうかって、きいているんだよ」

腰をおちつけるとは、もうすぐ結婚するメリーのもとに戻れということにほかならなかった。

「メリーはどこ？」

「ケイドの家にいるよ」

「じゃ、そこで降ろしてよ、ハンク」

アビーは相手をなだめようとでもするように微笑みを浮かべた。

ハンクはうむとうなずいてアクセルを踏んだ。それから一分後には、アビーは大きく枝を広げた新緑の樹木の下に降り立ち、ハンクは土煙をあげて走り去った。昔とちっとも変わらないわ。アビーは笑いながらそう思った。じれったそうにメリーのいるところにわたしを降ろしたかと思うと、そそくさと仕事を片づけに行ってしまった。牛を駆り集める時期が近づくとかれはいつもいらだってくる、それがおかしかった。いまは四月下旬だけれども、六月までは子牛に焼き印を押して親牛から離すなど、目が回るような忙しさがつづく。文字どおり二十四時間労働になるので、男たちがどうしてカウボーイなんかになったのかと後悔するのもこの時期だった。

ため息をついて家に足を向けた。ケイドがいないのはもっけの幸いだわ、とアビーは胸のうちでつぶやいた。いまかれに会うことは試練を受けるようなものだ。会いたいのは自分の妹だった。

ためらいがちにドアをノックすると、数秒たってからさっと勢いよく開いた。開けたのはアビーより少し小柄な、ブロンドを短く切った妹だった。ブルーグリーンの目をした彼女は、「まあ、アビー!」とひと声いうなり、見る見る涙を浮かべ、ドアを開け放って両腕をさしのべた。

アビーは掃除のゆきとどいた玄関にスーツケースをぽとりと落とし、腕のなかにとびこんでしっかり抱きあった。道に迷った子がやっと家にたどり着いたとでもいうように、彼女はそのまま泣きぬれた。とうとうに家に帰り着いた、という思いでいっぱいだった。

2

「帰ることにしたとわかって、ホッとしたわ」メリーはコーヒーを飲みながら、ため息まじりにいった。

アビーとメリーは、だだっ広いリビングルームに向き合って腰を下ろしていた。ケイドの母が死んでから、リビングルームはずいぶん変わった。繊細な骨董品《こっとう》と柔らかい色彩のカーテンはどこかにいってしまい、革張りの長イスやソファや立派なコーヒーテーブルが並べられて、床には豪華で毛足の長いグレーの絨毯《じゅうたん》が敷かれてあった。いまではこの部屋はケイドに似て、大きくて野性的で、なにものにも替えがたいように見えた。

「ごめんね」アビーは妹に心配かけたことを詫《わ》びた。「部屋もずいぶん模様がえしたのね」

「いろいろ変わったわ、ケイドも含めて」メリーはアビーを見つめていった。

「ケイドは変わらないわよ」そういって、アビーはコーヒーカップを持ったまま腰を上げ、マントルピースに歩み寄って、部屋を睥睨《へいげい》しているドナバン・マクラレンの肖像を見つめた。

ケイドは額縁におさまった背の高い、堂々たる押し出しの人物をそのまま若くしたようなもの。ちがいといえばドナバンが白髪で口ひげを生やし、のべつしかめっ面《つら》をしていたことぐらいだ。ケイドの髪はまだ黒くふさふさしており、額は広く、黒い目が眼窩《がんか》の奥で輝いていた。かれは死んだ父に似て背が高く、筋骨たくましいからだつきをしていた。浅黒く日焼けしていて、めったに笑わない。しかし、無愛想なわりには人を笑わせるようなところもあった。年は三十六歳。アビーよりも十四うえだけれど、彼女の扱い方は、その倍も年上かと思わせた。ケイドはアビーにたいしていつもなにか恩きせがましい、わがままな子を扱うおとなみたいな態度をみせた。ただし、あの魅せられた夜だけはちがっていた。あのときかれは、あれだけの親しみをみせながらやんわり拒んだ。ショックを受けたアビーは、それでニューヨークへ行く気になったのだった。

思わず身ぶるいを覚えてコーヒーカップを口へ持っていった。あんなことはもう二度と起こらないだろう、とアビーは思った。

「ケイドはどうしているの?」

「春だもの、例によって例のごとしよ」と意味ありげな返事が返ってきた。

「羽を伸ばしている、なんてもんじゃないわけ?」アビーはふりかえりながらきいた。

「まあね」メリーはため息まじりに答えた。「このところ手が足りないのよ。ランディは脚を折ったから五週間は役に立たないしね。ホップはやめちゃったし」

「ホップが？」アビーの薄茶色した目が大きくみひらかれた。「だって、あの人はずっと古くからいたじゃない！」

「ケイドに鞍《くら》を投げつけられて怒っちゃったのよ。昔から働いてきたのに、なんて仕打ちをするのかというわけで」妹は頭を振った。「ケイドはそれ以来おちつきを失っちゃったわ」

「女の問題でもあったの？」いったあとで後悔した。

ケイドの恋愛問題に口出しする権利はない。それに、たとえ、かれが誰かとつきあっていても、知りたいという気持ちはなかった。

メリーは目をぱちくりさせた。

「ケイドが？　まさか。女なんか連れてきたら、わたしは気絶しちゃうわ」

その言葉は驚きだった。ニューヨークに行ってから五、六度メリーを訪ねてきたけれど、ケイドにはめったに会ったことがなかった。わたしがペインテッドリッジを訪れているあいだ、かれはデートでもしているのだろう。アビーはなんとなくそう考えていた。

「女の人をコンピューターにでもインプットして追いかけているんじゃないかと思ってたわ」アビーはそういって笑った。

「わたしたち、同じ人のことをいってるのかしら」

「だって、わたしが訪れたときにいたためしがないもの」とアビーがいった。「かれと最後に会ってから、かれこれ一年になるわ」

アビーは妹の横に腰を下ろしてコーヒーを飲みほした。

メリーは鋭い一瞥《いちべつ》をくれたが黙っていた。ややあって彼女は、「どれぐらいいるつもり？」ときいた。

「電話でははっきりしなかったから」

「二週間というところね。愛想をつかされなければの話だけど……」

「変なこといわないでよ」メリーは口をとがらし、顔をしかめながら、ほっそりした姉の手に触れた。「どうせなら一カ月くらいいなさいよ。仕事に戻る気になるまでゆっくりして。ねえ、約束してよ」

アビーはなにか苦しそうに目を閉じた。彼女はちょっと息を止めるようにして、「その気になれるかどうか、わからないわ」と声をひそめた。

アビーの手を握っていたメリーの小さな手に、力が入った。

「そんないい方ってないわ、敗北主義よ。それにちっともお姉さんらしくない。あなたはシェーン家の一員なのよ。わたしたち、ふたりしていろいろ耐えしのんできたじゃない」

「そうね、まさにいま耐えしのんでいるところだわ」アビーは苦しまぎれにいうと腰を上げ、窓辺に寄りそった。

「あんなことがあってから二週間になるのね」メリーがアビーの追憶をうながすようにいった。

「そうね」アビーはもの憂げにため息をついた。「いまじゃあまり気にしてもいないけど、あのときはつらかったわ……」といって妹をちらと見やり、「あなたの結婚準備という口実ができてよかったわ。ケイドはなんていってた？」

メリーは考えるような表情になって、「一セント玉みたいに表情が明るくなったわよ」といい、かすかな微笑みを浮かべた。「お姉さんが二週間か、もしかしたらもっと長く滞在するかもしれない、といったらうれしそうにしてたわ。このところ不機嫌でとっつきにくかったから、特にそう感じたのかもしれないけど」

アビーは唇をきゅっと結んで考えこむような表情をみせた。

「わたしが職を失って、失意に沈んで帰ってくると思ったんじゃないかしら」

「そんなことないわ。だってかれは他人の不幸を喜ぶような人じゃないもの」

「それはあなたの見方でしょ。かれはまえから、わたしがモデルになることに反対していたのよ」

メリーの細い眉が上がった。

「かれがお姉さんの職業をどう思っていようが、お姉さんがしばらく戻ってくることを喜んでいるのはまちがいないわよ。男の人はみんなぴりぴりしているのに、かれだけが上機嫌なことは事実よ。ところで、ホップがやめたこと、さっきもいったけど、あと一日待てばよかったのにね。お姉さんが来るといってやったでしょう。そしたらケイドったら、がらりと人が変わっちゃってね。まるで聖人君子みたいになったわ」

それがほんとであってくれたらどんなにうれしいだろう、とアビーは思わずにいられなかった。しかしそうではないとわかっている、メリーにはわからないだろうけれど。ケイドがわざと自分を避けていることはまちがいないと思った。こんないい方をしているのは、ケイドとのあいだに激しいいい合いが起きるのを避けようとするメリーの気づかいにすぎない。彼女がふたりのあいだを取りもつのは、なにもこれが最初ではなかった。

アビーはブルーグリーンの妹の目をキッと見すえ、「メリー、まさかケイドにほんとのことをいったんじゃないでしょうね」と気づかわしげにきいた。

メリーは心もちどぎまぎしながら、「いわなかったといえば嘘になるけど」と告白した。「でも、男の人となにかあったらしい、としかいってないわ……心に痛手となるようなことがあったらしいって……それだけよ」

アビーはため息をついた。

「それはほんとうだから仕方がないけど、かれはわたしがここへ来た理由を詮索《せんさく》すべきじゃないわよ。わたしはあなたと家に帰るわ。ケイドとふたりで同じ部屋にいると必ずといっていいほど、いい合いになるんだもの」

メリーがとつぜんもじもじしはじめたから、アビーは好奇の目を向けた。

「家には泊まれないと思うわ」メリーが弁解がましいいい方をした。「いま、塗りかえの最中なのよ。ケイドが結婚のお祝いに模様がえをしてくれるんだって」

アビーは華奢《きゃしゃ》なからだに衝撃の波が突き抜けるのを感じた。

「それじゃ、わたしたち……ここに泊まるわけ？」

「そうなの」

「だったら、なぜそういってくれなかったのよ」とアビーが語気を強めた。

「いえば来ないと思ったもの」

「ケイドは家へ戻ってくるかしら？」

「もちろんよ。家畜の駆り集めを一カ月後にひかえて、猫の手も借りたいぐらいだもの、家をあけたりはしないわ」

「それじゃ、わたしがどこかへ行くわ」

「だめよ」といってメリーはアビーの手をつかんだ。「ねえ、アビー、逃げれば逃げるほど状況はむずかしくなっていくわ。牧場にいさえすれば、またここになじめるようになると思うの。なじむか、自分を埋もれさせてしまうか、ふたつにひとつだわ。わかるでしょ？」彼女は、そういって姉の不格好なドレスを見やった。「お姉さんはモデルという柄じゃないわよ、まるで家政婦だわ」

「まあ、いってくれたわね」戸口から、太いけれどまぎれもない女の声が聞こえた。

ふたりがとっさに顔を向けると、家政婦のカラ・リビングストンが幅の広い腰に手を当てがい、牛乳もかたまってしまいそうな酸っぱい表情を浮かべて立っていた。年のころは六十近いけれども、たいていのカウボーイは彼女にかなわないし、盾つく者はほとんどいない。怒らせると食べ物にはねかえりがくるし、彼女がこの界隈きっての料理上手とあって、これには誰でも参ってしまう。

「わたしがどう見えるかって？」カラはいいつのってふくれてみせた。

メリーは思わず笑いたくなるのを唇を噛んでこらえた。手製のピンクとグリーンのシフトドレスを着て、半ば白い髪はざっくりとひっつめた束髪にしている。ガーターで留めたストッキングがひざの上でよじれているので、誰の目にもオートクチュールのファッションには映らない。メリーもそこは心得ているから、当たらずさわらずのいい方をした。

「あら、すてきよ。わたしはただ……いつものお姉さんらしくないといったのよ」

カラが大声で笑いだした。彼女はいかにもおかしそうにふたりを見比べながらいった。

「本気と冗談の区別がつかないんだねえ、あんたは。からかってるんだよ。さあ、わたしにあいさつをしてよ、アビー。何カ月ぶりかしらねえ」

アビーが大きく広げられた腕にとびこむと、カラがいつもただよわせている小麦粉とバニラのにおいがした。

「今度はずっといてくれるんだろうね」アビーを放して手で涙をぬぐいながら、カラはからかい半分にいった。「急にいなくなったと思ったら、都会ふうの格好して帰ってきてさ。

どうしてもモデルになるといい張って十八でとび出してこのかた、今日のあんたがいちばん気に入ったよ」

「でも、カラ……」メリーが口を挟む。

「お黙り！」カラはぴしゃりといって鋭い一瞥をくれた。「やぼったいなんてもう一度いったら、今夜はフルーツパイをつくってやらないからね」

メリーは口を開きかけたが思いとどまって意地の悪そうな微笑みを浮かべ、「お姉さんは、そうね、おとなっぽくなったわ」と妥協した。「とてもユニークだわ。田舎ふうで魅力たっぷり、といったところね」

カラは両手を上げていった。

「あーあ、わたしがこんなにがまんしているというのにさ。まるでわたしの仕えている目のきついカウボーイじゃ、相手が不足といってるみたいだよ……あら、もうこんな時間だ。帰ってきたとき食事の用意ができてなきゃ、なんていわれるか知れやしない。どうせ十時まえには帰らないだろうけどさ」カラはぶつくさいいながら行ってしまった。

メリーは大げさなため息をつき、長イスにどさっと腰を下ろした。

「助かったわ。彼女があんなところに立っているとわかっていたら、お姉さんの新しい衣装をほめてあげたのに」

「まだ彼女のフルーツパイから卒業できていないみたいね」そういってアビーはにっこり

笑うと、メリーは一瞬彼女の陽気な性格を垣間《かいま》見る思いがした。

「かれとよく話し合ってみてよ」

「これで打ってくださいって棒切れをわたせというの？」アビーは乾いた笑い声をたてた。「パパを口説いてニューヨークへ行かせてもらってからこのかた、なにかにつけてつらく当たるんだから。会うたびにわたしをバカだバカだっていってるのよ。もう一度それをいうための口実をあたえるようなものだわ。そればかりか、だからいったじゃないかというのに決まっている。わたしからはぜったいに切り出さないわ」

「お姉さんはケイドを誤解しているわよ。以前からそうだったけれど。かれはあなたを嫌ってなんかいない、ほんとよ」

「それをかれにいってくれない？」アビーは冷ややかに答えた。「かれは知らないと思うから」

「だったら、かれが躍起になって家へ帰れというはずないでしょう。かれはわざわざハンクを家にやって、お姉さんの家具を運ばせたのよ。少しでもくつろいでもらいたいからじゃない。嫌っている女性にすることかしら」

「それなら、なぜわたしを疫病《やくびょう》神みたいに避けるのよ」アビーは手きびしくいってのけた。それから話題を変えようと思い、「食事のまえにさっぱりしたいわ」といった。

「では二階へ来て。お姉さんの部屋はわたしの隣だから夜中だって話ができるわ」

「助かったわ」アビーは微笑みを浮かべながらつぶやいた。

日が暮れたばかりで、メリーはダイニングルームでカラがテーブルに皿を並べるのを手伝っていた。すると玄関のドアが荒々しく開き、絨毯の敷かれてない廊下をどしんどしんと踏みつける足音が聞こえた。

アビーはカラがともした炉端にたたずんでいたが、彼女がふりかえるのと、ケイドが戸口で足をとめるのが同時だった。

あれから一年になるとは思えなかった。つばの広い帽子をかぶる日焼けした顔には、自分の顔ほどになじみがあった。しかしかれは老けた。それはアビーの目にもはっきりわかった。いかにも意志の強そうな彫りの深い口はかたく結ばれ、額はのべつ渋面をつくってでもいるようにしわが刻まれている。頬が少しこけ、角張ったあごはいっそうきびしく、情熱を秘めた黒い瞳は相変わらず妥協を拒んでいた。

羊飼い用の上着に雪がかかっていた。はき古した靴も、たくましいすねにまとったカウボーイ用の革ズボンも雪で濡《ぬ》れていた。かれは骨っぽく浅黒い指に煙草を挟み、ピューマでさえたじたじとなりそうな目でじっと見つめた。

「いったいなにがあったのかね」かれは不格好な茶のスエードのドレスを指さしてそういった。

「よくいうわね」アビーはやりかえした。「わたしがニューヨークへ発ったとき、あなただっていまと同じ革ズボンをはいていたじゃない」

「牧場は金にならんからね」そういったケイドの目に、面白がっているようないろがあった。

「そうでしょうとも。だけど、八千頭の家畜をふたつの州にまたがって三カ所の牧場に飼っている人は、そういませんからね。それに油田や鉱山の権利だって持っているでしょ?」

「まあ、ぼくは破産寸前だとはいわんが」ケイドは前言を取り消すようないい方をし、ドア枠に寄りかかって頭をのけぞらせた。「そのドレス、金持ちの女から盗みでもしたのかね」

アビーは居心地が悪くなって、体重をかわるがわる左右の脚にかけた。

「最新流行のスタイルだわ」どうせちがいはわかるまいと思って嘘をついた。

「へえー、最新のスタイルとはそんなものかな。ぼくにはぼろきれの寄せ集めにしか見えないけど」

「もう雪なの?」アビーは話題を変えてきいた。

かれは帽子を脱いで雪を振り払った。

「そうなんだ。カラはカウボーイたちのぶんも用意してるんだろうな。夜勤組は二歳の雌牛相手に目も回るほど忙しいんだ」

アビーは思わず微笑みを浮かべた。かれは初産の雌牛の世話で大変なのだ。やめたカウボーイのホップは、初産の雌牛のめんどうをみるぐらいなら柵の修理をするほうがまだ楽だ、といつもいっていたものだった。

「今年は誰が当番なの？」

「ハンクとジェブだ」

「それでハンクはぷりぷりしていたんだわ」とアビーはひとりごとめかしていった。

アビーを見つめるケイドの口もとが、きゅっと締まった。

「そりゃそうだろう。もっと年をとった牛のめんどうをみさせてくれと頼んだからな」

「願いが叶《かな》ったかどうか、想像がつくわ」

「いつまでいるのかね」ケイドはにこりともせずにきいた。

「まだ決めていないけど」アビーはいささか不安になりながらいった。「成りゆきまかせだわ」

「春はかき入れどきじゃないのかい、ミス・モデル？　メリーから、戻ってくると聞かされたときは驚いたよ」

「休みをとったのよ」

「ほう」と答えてドアの枠にもたれていたからだを起こし、「駆り集めが終わるまでいろよ、飛行機でニューヨークまで送ってやるから」というなり背中を向けた。

アビーは、廊下へ歩み出るケイドの広い肩を目で追った。

ケイドは大声でカラを呼び、「連中に食べさせるぶんもあるんだろうな！」といった。太い声は家じゅうに鳴りひびく。「ジェブとハンクが徹夜で詰めることになったんだよ」

ジェブは宿舎の料理番だった。カウボーイのなかには、牧場内に家があって家族と住む者もいるが、ほかの連中は調理場つきの近代的な宿舎に寝泊まりしていた。

「それじゃ、みんなひざまずいて感謝感激だねえ」カラが大声でいい返した。「誰だって、たまにはまともな食事がしたいもの」

ケイドはくっくっと低い笑い声を響かせて階段をのぼった。この広い肩とがっちりしたからだを、女学生特有の初心《うぶ》な気持ちで崇拝したこともあったわ、と思いながら、うしろ姿をつくづく見つめた。いまとなっては遥か遠い昔に思えるあの夜、衝動的に身を投げ出したわたしをかれが拒まなかったら、人生はどんなに変わっていただろうか。涙が出てきたので顔をそむけた。望んだからとてそうなるものではない。けれども、ペインテッドリッジに戻ってよかったという気持ちがあった。わたしはなるべくケイドのじゃまにならないようにしよう。メリーの言葉どおり、しばらくここにいれば心の傷も癒《い》えるかもしれない、とアビーは思った。

3

アビーはケイドを避けるよう心がけたが、ケイドは夕食のテーブルでもの静かな視線を彼女に当てつづけた。

「生まれたばかりの子牛でも見るかね」とケイドはとつぜんきいた。

アビーはびっくりして顔を上げ、ケイドの顔を見つめた。なんと答えていいかわからず、「雪はまだ降っているかしら?」ときいてみた。

「ああ、降ってるよ」ケイドはいった。「だけど、トラックにはチェーンを巻いているからだいじょうぶさ。それに子牛の小屋は南へちょっと行ったあたりだしね」

かれとふたりきりになるのは気が進まなかったけれど、生まれたばかりの子牛はどうしても見たかった。それにケイドといっしょにいたいという気持ちも心の片すみにはある。一抹の不安があるけれど、ケイドといっしょにいると感じる、守られているような安堵《あんど》感がたまらなかった。

「どうする?」

「子牛は見たいような気もするわ」といってこころもち笑みを浮かべ、皿に視線を落としたので、ケイドがメリーと目配せしあったことには気がつかなかった。

「デザートは帰ってからにする」ケイドはイスをうしろへ押しやりながら、カラに向かっていった。

それから何分かのちには、ふたりは暖かいトラックの運転台で揺られていた。フロントガラスに雪が舞って、まるで昔に戻ったような錯覚を覚えた。

「寒くないかい?」とケイドがきいた。

「いいえ、だいじょうぶよ」

アビーはかれに借りた革のジャケットをかき合わせた。その暖かさがなんともいえず心地よかった。

「もうすぐだ」ケイドはつぶやいて、トラックを農道に乗り入れた。

農道は子牛の囲いに通じている。囲いのなかではカウボーイがふたり、黄色いレインコートをまとってうつむきかげんに風をよけながら、馬を乗りまわしていた。

「大変ね」アビーはかれらに目をやってそういった。

「カウボーイがかい?　それとも子牛のことかな」

「両方よ。ここの生活はきびしそうだもの」

細長い牛舎の横で、トラックががくんと停まった。アビーはダッシュボードに手を突き、フロントガラスに顔を突っこむのを防いだ。牧場主としてケイドは非のうちどころがないけれど、運転技術は未熟もいいところだった。

「コンクリートミキサーのなかに入ってるみたいだわ」

「ご挨拶だな」ケイドは不服そうにいいながらドアを開け放ち、怖い目でじろりと見すえてからつけ加えた。「いやだったら歩いて帰ってもいいんだぜ」

「若いころ、グランプリレースに出たことでもあるの？」アビーはわざと派手に、いくぶんとりつくろった笑いを浮かべた。

「皮肉をいったってむだだ」というなり、かれは雪のなかを先にたって歩きはじめた。

アビーはかれの大きな足跡を拾いながらついていく。冷たい風が頬に心地よい。さくさく鳴る雪もすがすがしかった。都会とはなんというちがいだろう。遠い山脈《やまなみ》に目を走らせ、天気のいい日にはくっきり見える雪を冠った峰を探した。神の土地だわ、と畏敬をこめて考えた。ここを離れて生きることができたなんて、不思議な気さえした。

「空想にふけっていないでついてこいよ。ぼやぼやしてると遭難しちゃうぞ」

「春の吹雪ぐらいで？」アビーは笑った。「大吹雪だってだいじょうぶよ。雪靴はいてカナダまで行ってみせるわ。スキーをはけば、ロッキー山脈だって越えられるし」

「ほら吹きでもあるわけか」といってちらっとアビーを見た目に、おもしろがっているようすがあった。「さあ、入ろう」ケイドはアビーを促し、明かりのともる牛舎へ踏みこんだ。

　腕で胸を抱えるようにして入っていった。

「まだ暖房は入っていないのね」

「そんな贅沢をするゆとりはないんだ」といいながら、ケイドは通路の向こうで働くカウボーイに手を振った。

「だからすきま風で寒いのね。かわいそうに」

「すきま風じゃない。ほら、あそこにファンがあるだろう？　あれで空気を循環させているんだよ。獣医に勧められてはじめたんだけどね、あれでにごった空気を外へ出すまえは、子牛が呼吸器系の病気にやられてバタバタ死んだものだ。空気伝染するんで、お手上げだった。このごろじゃ、牛舎の消毒もするしワクチンも投与する。それで死亡率を半分に減らすことができた」

「ごめんなさい。わたしはなにも知らない都会の住人なものだから」

　ケイドはふりかえってアビーを見下ろした。

「戻ってくることだな。生まれたところがいちばんいい」

　牛舎の責任者に視線を戻すまでのつかのま、かれの目つきに熱が加わったような気がして、アビーの胸はにわかに高鳴った。

　チャーリー・スミスが腰を上げて、ケイドに笑いかけた。

「やあ、ボスじゃねえか。テレビを見飽きて気晴らしにやってきたね。なんだったらジェブが交替してもいいっていってるよ――」

「ちょっと寄っただけだ、チャーリー。アビーに子牛を見せようと思ってな」

「お久しぶりで、ミス・アビー」チャーリーは帽子をちょっと傾け、ていねいな口のききかたをした。「今年はいいできなんで。まあ見てやってくだせえ」

アビーはすぐそばの牛房をのぞき、黒い牛が一頭いるのに気づくと、たちまち顔を輝かせた。これはヘレフォード種とブラック・アンガス種の交配種で、顔が白くてあとはまっ黒な子牛だった。

「一時間ほどまえにジェブが連れてきたんだけんど、母牛が産み落としたままどこかへ行っちまったんだとさ。バチ当たりは人間の世界だけじゃないねえ」

「それが母親じゃないの？」子牛をなめている雌牛を指さしながら、アビーが聞いた。

「ちがうんでさあ。自分の子じゃないと気がついちゃ困るんで、子牛に脱臭剤のスプレーをかけたんですよ。かわいそうに、こいつは自分の子を取られちまったもんでね」

アビーは雌牛と子牛がかわいそうに思えてならなかった。

ケイドはアビーのうしろに近づいた。そのとき華奢《きゃしゃ》な彼女のからだがこわばり、思わず息をのんだ。どうかわたしに触らないで、とアビーは祈るような気持ちで思った。

かれは触れようとはしなかった。牛舎の壁にもたれ、ポケットに手を突っこんでアビーの肩ごしに雌牛と子牛を見つめるだけだ。

「何頭死んだんだ?」かれは牛舎の責任者に聞いた。

「十頭だね。今夜は長い夜になりそうだよ」

「今夜だけではないだろう」ケイドはため息をついた。

かれは帽子のつばを押してななめにかぶりなおした。ちらっと見上げたアビーには、かれがとても疲れていることがわかった。ちょうどそのとき若い雌牛が鳴いた。

「どれ、ひとつ見てくるか」チャーリーはそういいながら、ふたりのそばを離れた。

「極上肉が鳴いてるな」ケイドはつぶやき、怒った顔つきのアビーに向かって笑い声をたてた。

「人でなし。よく食べられるわね」

「きみは食えないのかい?　玉ねぎをあしらったらこたえられんぞ」

「やめてよ、そんな話!」

「しばらくぶりで帰ってみた感想はどうかね」

「すてきだわ」アビーは冷たくなった手を上着のポケットに突っこんだ。「ここがどんなに広大で美しいか忘れていたわ。人間だらけで、汚染されてしまった都会とは大ちがい。わたしはニューヨークを愛しているけど、そんな気がするのも事実だわ」

「ニューヨークは危険なところだよ」

アビーはからだをこわばらせてかれの顔を見つめた。けれども、にこやかな表情からはなにも読み取れなかった。

「都会はどこだってそうよ」アビーは同意した。「でも、田舎だって危険な場合があるわ」

「危険という言葉の定義しだいだがね」ケイドはいい返して、きらきらした目でアビーを見下ろした。「ぼくが生きているかぎり、きみは安全だよ。この牧場ではなにものも、何人《なんびと》といえどもきみに危害を加えるようなまねはさせない」

その言葉を聞いたとたん、涙で目が曇った。アビーは生唾をのんで目をそらせ、「わたし、そんなに保護が必要に見えるのかしら」といって笑おうとした。

「特にそうでもないけどね」ケイドはよそよそしくいった。「緊急事態はいつ起こるかわからないからね、ピューマに襲われるとか、倒壊する建物の下敷きになるとか」

「だけど、相手があなたみたいな食人種だったら誰が守ってくれるの?」といって、アビーはケイドを見つめた。

持ちまえのユーモアが、涙ぐんだバツの悪さから救ってくれそうだった。

「ぼくといっしょにいれば、大船に乗ったようなものだよ」

アビーはケイドの目を見つめた。すると一瞬、四年まえにたちかえったような気がした。あのとき彼女はプールのふちにたたずみ、崇拝する男性に身も心も捧《ささ》げるつもりだった。

アビーはひとこともいわず踵《きびす》を返し、雪の降りしきるなかへ歩み出た。

4

風に背を丸めながらトラックのほうへ足をはこんだ。思いはとつぜん過去へ舞い戻っている。あれは夏のことだった。アビーは父が入院していたある夜、ケイドの家のプールでただひとり泳いでいた。

年は十八、おとなになりかけていた。当時父は病気で、彼女が異性の注意を惹《ひ》くような服装をしはじめたことに気づくはずもなかったし、意見がましいこともいわなかった。しかしケイドは目ざとく気づいて忠告めいたことをいった。アビーは兄貴ぶったかれの態度に腹を立て、ぷいと家を出てプールまでやってきた。誰もいなかったから、服を脱いでとび込んだ。それは規則違反だったけれども、アビーは規則と聞けば破ってみたくなるほうだった。規則を決めたのがケイド・マクラレンであってみれば、なおのこと反発をおぼえた。ほかの男たちと同じ目で見てほしい。恩きせがましい説教ばかりではいやだった。けれども、あの当時は若すぎたし純情だったから、募る思いを口に出すことができなかった。

プールに入って五分とたたないうちにトラックが裏庭に乗り入れ、停まったらしくエンジン音が切れた。あわててプールから出てジーンズをはいた。ほどなくケイドが角を曲がってあらわれた。

そのあと起こったことは予測もつかなかった。ふりかえるとケイドの黒い目がむき出しの胸に注がれていた。その目の荒々しい表情に思わず息をのんだ。ケイドは視線を注いだまま身じろぎもしない。アビーは胸を覆うことも顔をそむけることもできなかった。ケイドはむさぼるように見つめてから、一歩一歩と近寄った。とたんにアビーの心臓が早鐘のように打ちはじめた。

畜舎からの帰りとあって、ケイドは胸をはだけていた。青銅を思わせる胸に黒い毛が密生しており、汗がきらきら輝いていた。かれは一歩手前で足を止めて見下ろす。見ひらいたアビーの目には、口には出せない思慕の情があふれていた。

かれはひとこともいわず背を屈め、アビーのからだを抱き上げるようにして引き寄せた。乳房がかれの胸に触れると、繊細な肌が胸毛に愛撫され、アビーはたまらずうめき声を発しながらしがみついた。見つめるケイドの目が、ちらっと勝利のいろを宿した。

ケイドはアビーを抱えて踵《きびす》を返し、家のなかに入っていった。階段を上って自分のベッドルームへ踏みこみ、彼女をベッドに横たえる。かれはかたわらに腰を下ろし、片手をベッドに突いて上体を支えながら、黒い瞳をピンクの裸体に心ゆくまで這わせた。からだがベッドカバーを濡《ぬ》らしていることには気がつかない。意識にあるのは浅黒いケイドの顔と黒い瞳だけだった。

やがてかれの指が肩から首へとなぞる。指はしだいに下へ下りてくるので、アビーは思わず息を止めた。ゆっくり触れながら乳房をまさぐる。やがて指先は頂上に達して、指と指のあいだにそれをはさんだ。

アビーはあえいだ。思いがけない歓喜の波に襲われて、からだを弓なりに反らした。ケイドの目がアビーのそれをのぞき込んで、「傷つけたりはしないからだいじょうぶだ」とささやいた。

「ええ」アビーはあたりに聞こえるのをはばかりでもするように、低声《こごえ》で答えた。思わぬ歓喜に目も虚《うつ》ろだった。「わ、わたし……触れてほしいの」

「わかってるよ」かれは片手で乳房を覆ったまま背を屈めた。

アビーはためらいがちに腕を伸ばして首に巻く。かれは目を見つめながら唇で彼女の唇をさするようにする。目がアビーの目の反応を観察していた。

「口を開いてくれよ、アビー」かすれた声でいいながらあごの先に手をやり、上に向ける。

「もう少し……」

なにも考えずにいわれたとおりにすると、舌が唇を押し分けて侵入した。舌は官能的にくねりながら、ゆっくり口に入る。アビーはあえぎ、うめいた。するとケイドの胸が押しつけられた。アビーはしがみついてしばらくのあいだくちづけに陶酔した。

やがてかれのからだは離れたけれども、その直前にかたい腕が痙攣《けいれん》するのを感じた。しかし、上体を起こしたケイドはおもてむき冷静そのもの、息づかいひとつ乱れていなかった。かれの目は乳房に向けられる。やがて名残り惜しげにカバーに手を伸ばし、無造作にむき出しの裸体にかけた。

「知りたがったから教えてやったんだよ」ケイドはアビーの失望を慰めでもするように、優しく手を握りながらいった。「しかし、ここまでが限界だ。きみが好きだから、たったひとときの快楽のために誘惑する気にはなれない」

アビーは思わず息をのんだ。こわばったケイドの顔に視線を注ぎながら、かれの指に触れられたところがまだ疼《うず》いているのに気づいた。たがいに分かち合った激しく長いキスの余韻がまだ残っている。

「わたし、恥ずかしいと思うべきかしら?」

ケイドは湿った髪をかき上げながら、「なにが恥ずかしいんだ?」と優しくきいた。「男に触れられたりキスをされたりしたいと思ったことかい?」

アビーはゆっくりと息を吸いこんだ。

「男にじゃないわ……あなたによ」

こわごわ口にした告白に衝撃を受けたことは、ケイドの顔を見ればあきらかだった。かれはちょっとためらいを見せたが、それは、なにかいおうとして思いとどまったような感じだった。

「アビー」とケイドは呼びかけ、言葉を注意ぶかく選びながらいいはじめた。「きみは十八歳だ。ひとりの男に自分を結びつけて考えるまえに、もっとおとなになる必要があるし、世の中を見なくちゃいけない。相手がどんな男だろうとね」ケイドはアビーの喉もとのカバーを指でもてあそんでいる。「きみの年でセックスに興味を抱くのはあたりまえのことだ。現代人はひらけた考え方をするけどね、結婚するならバージンと決めてかかっている男もまだいるんだよ」目と目が真向《まっこう》から見合った。「結婚する相手のために、その貴重な贈り物を大事にしてもらいたい。好奇心を満たすために捨てるようなまねはいかん」

「あなたはそうなの?」アビーは無意識にきいていた。

「そうとはどういう意味だ?」

「相手がバージンであってほしいかということよ」

その瞬間ケイドは妙な顔つきになった。

「ぼくの人生の最大の問題は、目下のところバージンがほしいということだ」ややあってケイドは冗談めかしてそういい、背を屈めて短いキスをすると立ち上がった。

「ケイド……」アビーの手がカバーに伸びた。目がからだをどうにでもしてといっている。

「いや」ときっぱりいって、ケイドはカバーから手を離した。「まだだ」

「まだ?」アビーがささやいた。まだ、とはどういう意味かときいたのである。

ケイドは指先でもの憂げにアビーの口をなぞった。「三年か四年後に同じことをいってくれ」かれは口もとにかすかな微笑みを浮かべた。「そのときは、ぼくはきみをベッドに横たえて気絶するまで愛してやる。服を着たまえ。こんなことは二度としちゃいけないよ、アビー。おたがいに時期が悪いんだ。きみにこれ以上残酷な態度をとらせないでくれ、ぼくにしてみればつらくてたまらないから」

アビーの心のなかを、満たされない思いが駆けめぐっていた。彼女はドアへ足を向けるケイドの背に、かすむまなざしを送った。

それ以来、ふたりともこの出来事にはふれないできた。彼女はまもなく牧場を去り、そのとき以来ケイドには二、三度しか会っていない。約束を果たすことが不可能になってしまったいま、思い出すのは奇妙といえば奇妙だった。いまとなっては、ケイドに自分の身を捧《ささ》げることはできなかった。

アビーはトラックのドアを開いて乗りこんだ。

家へ帰る途中ケイドは無口だったけれど、かれにとってはべつだんおかしいことではなかった。運転中に口をきくことが嫌いだったのである。かれはたえずつきまとうさまざまな問題を考えているらしい。冬場には除雪と、家畜に十分な飼料を手に入れるという問題がある。春には駆り集めと種播《ま》き。夏には干し草をつくり、柵を修理し、水をやるなどのことがある。山の雪が溶けて川に流れこむ五月から六月には、農業を営むのに十分な水があるが、同時に洪水の起こる危険とも戦わなければならない。家畜の駆り集めがすむと、夏にそなえて高地の牧草地に追い上げる。秋には家畜を連れ戻す必要がある。飼育は片ときも目が離せない。病気にかかるものも出てくるし、施設の破損もある。餌をやり、選別をし、売ったり買ったりしなければならない。メリーの結婚相手みたいなマネージャーを使ってはいるが、なにしろ牧場の数は三つもある。ケイドはマネージャーたちを取り仕切ると同時に、株主にたいして全責任をもつ社長だ。

アビーの目がかれの顔に注がれる。その目に四年間の愛がこめられていた。ケイドは永遠の独身男、いったいかれには結婚する気があるのだろうか。自分の子をもうけてペインテッドリッジをはじめ、広大な財産を相続させる意志があるのかどうか。十八のころには、そのうち自分と結婚するだろうと考えていた。けれども、あのことがあってからはひたすら自分を避けているように思えてならない。考えてみれば、わたしはやけを起こして家をとび出し、モデルに挑戦したのかもしれなかった。

十八の娘にしてみれば、ずいぶん思いきった冒険だった。めくるめく富と社交界――一年かそこらは満たされた思いを味わった。はじめてのクリスマスを迎えたとき、仕事への情熱に頰を紅潮させながら帰省したことを覚えている。ケイドは紳士的にアビーの話に耳を傾けたあと、ふらりといなくなった。それからかれは、アビーの滞在中ペインテッドリッジには姿を見せなくなった。なぜことさらわたしを避けるのだろう、と思ったことも一度や二度ではなかった。しかし、あのときにはニューヨークのきらびやかさに幻惑されていたし、成功に酔いしれてもいたからたいして気にならなかった。

ケイドはアビーの真剣なまなざしに気づいたらしく、家の裏の階段の手まえで車を停めながら顔をめぐらして彼女を見た。アビーのからだにぞくっと戦慄が走った。きらきら輝く黒い瞳を、こんなに近くで見たのははじめてだった。それがアビーの鼓動と五官に不思議な影響をあたえた。

「今度はずいぶんしばらくぶりだったね」ケイドは前置きなしにいった。かれは車のドアにもたれて煙草に火をつけ「一年か」といった。

「あなたに会うのはね」アビーはすかさずやりかえした。「だって、ここへは去年の夏にもクリスマスにも帰っているのよ。あなたがいなかったんじゃない」

ケイドは短く笑った。煙草から煙の輪がいくつかたち昇った。

「ニューヨークの街や着飾った連中の話は聞き飽きたよ」

アビーは背筋をしゃんと伸ばし、あごを突き出した。

「またその議論をむしかえすつもり？」

「いや、議論は卒業した」ケイドはそっけないいい方をした。「きみは四年まえに、自分の求めているものはニューヨークにしかないと決めてかかった。ぼくはなにもいわなかった。見込みのないものは見ればわかるからね」

「わたしにとって、ここになにがあったというの？」

ケイドはその言葉で冷ややかな表情になった。青ざめたようにさえ見え、かれは窓の外で降りしきる雪に目をやった。

「なにもなかったろうな。広々とした土地、澄んだ空気、大地に根をおろした価値観、それにごく少数の人間。この州は全国で四番めに大きいけれども、驚いたことに人口は四六番めなんだよ。ぼくはそういうところが好きでたまらないんだ」かれはそういってアビーの目を見つめた。「人にぶつからないで歩けるような土地でなくちゃ住めない人間なんだよ、ぼくは」

それはアビーにもわかっていた。長い脚で広い土地を歩きまわるケイドは、ニューヨークに住まわされるぐらいなら死んだほうがましだと思うだろう。ここは文字どおり広々とした空のあるビッグ・スカイ、かれはビッグ・スカイの人間だった。ビッグ・アップルではくつろげない男なのだ。百年まえに辺境の地だったところでも生きていけるような男、それがケイドだった。

アビーもまたこの土地と、そしてケイドといっしょに生きたかった。しかし、かれは彼女が十八のときニューヨーク行きのバスに乗せてしまった。前夜、行かせる行かせないでアビーの父と大げんかをしたけれども、けっきょく引き止めることはできなかった。父はそのことをアビーにはいわなかった。リビングルームでふたりがいい争う声がし、ケイドがアビーの名前を口にしたので、はじめてそれと知ったにすぎない。

「あなたはわたしをニューヨークへ行かせたがらなかったわ」アビーは追憶の苦しみから逃れるようにしてつぶやいた。「わたしがみごとに失敗するのを待っていた、そうでしょう？」

「ああ、それを心から待ち望んでいたよ」にべもなくいい放ったが、かれの目はきらきら輝いていた。「しかしきみは成功したんだよ、な？　もっとも、いまのきみを見ていると、とても成功したようには見えないけどね。カラのほうが洋服のセンスはずっといいよ」

アビーはさっきの言葉をいぶかしみながら目を避けた。

「牧場の女にしては趣味がいいはずよ」

自分がざっくりした服装をしている理由に気づかれないか、目下のところからだをさらけ出したくない理由を悟られはしないだろうか。アビーには恐れる気持ちがあった。

「それは嫌みかね」とケイドは聞いた。「なるほど、牧場の生活は地味だ。仕事はきついし、きらびやかな生活をなげうってこっちを選ぶ女性なんて、そういるものじゃない」

ちっともわかってないんだわ、アビーはみじめな気持ちでそう思った。もし結婚してくれといってくれたら、モデルもニューヨークも、国際的に有名になりたいという気持ちもすべてなげうってかまわない。かれと共に暮らし、かれを愛することができさえすれば、すべてを捨てても惜しくない。しかしその気持ちはわかってもらえないし、この先も気づいてもらえそうになかった。かといって自分からいうのはプライドが許さない。何年もまえ、かれは一度わたしを拒絶している。たとえ優しく拒んだにしろ拒否にはちがいない。もう一度そんな目に遭うのは、あまりにもみじめに思えてならなかった。

アビーは視線をスエードのブーツに落とした。保護剤のスプレーを忘れたから、いたむかもしれない。新しいのを買わなければならないかしら。ケイドといっしょのときそんなことを考えるなんて、おかしなことだった。たとえ二、三分だろうと、かれといっしょの時間は貴重だ。起こったこと、ほんとのことをいうことができればと思うけど、心の傷を癒《いや》しに戻ったなんて、どうしていえるだろうか。

「アビー」

見上げると、ケイドがじっと見ていた。かれは手を伸ばして彼女の髪をそっと撫でた。

「どうしたんだ？」ケイドがもの静かにきく。

涙が出そうになるのをこらえた。かれに優しくされると冷静でいられなくなる。

「どうもしやしないわよ。ただ考えているだけだわ」アビーは突っぱねるような口のきき方をした。

ケイドの顔がこわばり、髪にかけた手を離した。

「ニューヨークのことかい？　春だというのになぜ戻ってきたんだ？　暇な時期は夏だけ

だと思ったけどな」

「もちろん、メリーに会いに来たのよ」アビーはやりかえした。顔がほてって熱かった。

「彼女の結婚準備を手伝おうと思って」

「それじゃ、一カ月ぐらい滞在するわけだ」ケイドはあまり感情を見せないでいった。

「そうねえ……」すらすらと嘘をついた手前、そうではないとはいいかねた。

「すると彼女の衣装でもデザインしようというわけかな?」

「そうなの」アビーはすでに仕上げたスケッチを思い出しながら答えた。

この二、三年はモデルの仕事よりも、衣装のデザインそのものに惹かれることが多い。

「おとなしくなったなあ」煙草の煙に目を細めるようにして、かれはいった。「これまではしあわせいっぱいで火山みたいに活発だったけど。まるっきり人が変わったようにもの静かになっちゃったじゃないか。ニューヨークの魅力も薄れてきたのかね。それとも、半裸のからだを男に見せて歩きまわることに飽きでもしたのかな?」

アビーは不意打ちをくらってうろたえ、はっと息をのんだ。

「いっておきますけどね、ケイド・アレキサンダー・マクラレンさん、わたしは半裸で歩きまわるようなまねはしていないわ!」

「へえー、そうかな」とかれは受けた。顔には例によって身構えたような表情が浮かんだ。

「ぼくは先月、用があってニューヨークへ出かけたんだけど、そのさいきみのやってるフアッションショーをのぞいてみたよ。きみは肌着一枚つけずにシースルーのブラウスを着てたじゃないか。ぼくはやにわにステージに駆けのぼって引きずり降ろしたい衝動にかられた。きみのお父さんは、さぞ墓のなかでくやしがってるだろうさ！」

「父はわたしを誇りに思っていたわ」アビーはそのいいぐさに傷ついた。「それに、あなたは気がつかなかったかもしれないけど、ショーに来るのはほとんどが女の人だわ」

「男もいたよ」といってケイドは煙草の吸いさしをつぶした。「きみは男たちのためにこっそり脱いでもいるのか、アビー？」

たたくつもりで手を振り上げた。しかし、ケイドに手首をつかまれてしまった。気がつくとぎょっとするような近さからケイドの目を見つめていた。喉の奥から狼狽《ろうばい》に似たものがこみ上げてきた。

「放してよ、ケイド」アビーの目が恐怖に見ひらかれていた。「おねがい、放して！」

ケイドは顔をしかめたかと思うと、だしぬけに手をゆるめた。アビーは身を引き、追いつめられた猫よろしくドアに背をもたせかけた。からだがふるえていた。

「覚えているかい？」ケイドの声は怒気を含んでいた。「ぼくらは物心ついてこのかた知り合ってきた仲だ。べつだんきみに殴りかかったわけじゃない。それどころかこっちはきみの暴力に自衛しただけだ。いったいどうなっちゃったんだ？　ボーイフレンドにつらく当たられでもしたのかい？　答えろよ。そうなんだな？　ならぼくが……」

「そうじゃないのよ」と、はずむ呼吸を抑えながら、アビーはすかさずいった。後悔の波に襲われて、思わず目をつぶった。「疲れたのよ、ケイド。へとへとになったの。燃え尽きちゃった。やれ衣装合わせだ、リハーサルだ、コマーシャル出演は何度も撮りなおしさせられるし、カメラマンの注文はうるさいし、それにデザイナーは癇癪《かんしゃく》もちときているしでね……」アビーはドアに背をもたせかけてもの憂げに目を開き、ケイドを見つめた。

「疲れたわ」嘘だったけれど、そういう以外に真実を伝える言葉は思いつかなかった。

「きみは休むために戻ってきた。そういっているんだね？」ケイドの声は意外に優しかった。

「悪かったかしら」アビーはケイドの目をくい入るように見つめた。「まる一カ月、あなたの生活のじゃまはしないつもりよ」

「冗談だろう」ケイドの目は不格好な衣装をじろじろ見た。「冗談とは気づかずにいってるようなものだ」かれはだしぬけに身をひるがえしてドアを開けにかかった。「寒くてこごえそうだ。なかへ入ろう。きみの妹とジェリーがちちくりあって、夜っぴて悩まされるかもしれないけどな」

ひどく下卑たいい方をする。そう思ったら笑いがこみ上げてきた。

「だってあの人たちは婚約しているでしょ」

「だったら、さっさと式を挙げて自分の家でやりゃいいんだよ」

「その気になってるわよ」

ケイドはじろりとアビーをにらんで自分のほうの車のドアを開け、それから彼女のほうのドアを開けた。

「ぐずぐずしてるのが気に入らんな。いたるところでべたべたしてやがる。現場を見かけないのはクロゼットのなかぐらいだよ」

「だって愛し合っているんだもの」彼女はステップから柔らかい雪の上に降り立った。

「あなたってずいぶん考え方が古いのね、ケイド」

「いまはじめて気づいたようないい方をするなよ」

ふたりは降りしきる雪のなかを母屋のほうへ歩いた。顔をくすぐっては溶ける雪が心地よかった。

「そりゃ、以前から知ってはいたけど」アビーは背の高いケイドをちらりと仰ぎ見た。ゆったりした大股の足取りが、いかにも野外生活を好む人という印象をあたえた。かれを引きとどめるには、モンタナ州みたいな広い土地でなければならない。「でも、愛し合っていればあんなふうにくっついていたくなるんじゃないかしら」

「きみに愛がわかるかい。感じたこともなさそうだけど」ケイドは見下ろしながらきいた。

アビーは皮肉っぽく笑った。

「たいていの人は、心底惚れることが一生に一度や二度はあるものよ」

「きみも、ぼくにたいしてそんなことがあったからね」ケイドはおちつきはらっていってのけた。

かれはまっすぐまえに目を見すえていたが、あるいはアビーが衝撃を受けて目を丸くしたことに気づいていたのかもしれない。

「あら、気づいていたとは驚きだわ。家畜の飼育や、スクエアダンスで女の子に引きずり回されたりでひどく忙しそうだったけれど」

「そりゃ、知っていたさ」その言葉自体にはたいした意味もなかった。けれども、木で鼻をくくったようないい方が問題だと思った。

アビーはゆっくり息を吸いこみ、ケイドの視線を避けつつ腕組みをした。あの夜のことが忘れられない。あの悪夢が、肉体関係というものに嫌悪感を抱かせはしたが、ケイドの手に優しく触れられ、唇が自分のそれに重ねられた記憶は、思い出すたびにからだを疼かせずにはおかなかった。

ふたりは裏口にたどり着いた。かれはドアを開けて、暖かいキッチンにアビーを入れた。カラがちょっと出かけたらしく誰もいなかった。

「アビー」とケイドが声をかけた。

アビーは入口でダイニングルームを見やり、返す視線でケイドを見た。かれは帽子を脱いだ。すると黒い髪が光に映えて濡れ羽色に光った。

かれの視線が上から下へ下りてアビーの似つかわしくない服を目におさめ、それから上気した顔の、大きく見ひらかれてうるむ目に注がれた。ふたりのあいだにとつぜん緊張が起こった。プールサイドで誰にも見られたことのないからだをかれの目にさらした、あの夜覚えたのと同じ緊張感だった。

「ニューヨークでは、しあわせなのかい?」

喉が締めつけられたようで声が出てこなかった。逃げ場と慰めを求めて戻ってくるまではしあわせだった。少なくともしあわせだと思いこむことができた。でも考えてみれば、心の底ではいつもペインテッドリッジと……ケイドが恋しかった。

「もちろんよ」とアビーは嘘をついた。「どうして?」

「ただ、しあわせだったのかなと思っただけだよ。こないだ雑誌のカバーに載ってるきみの顔を見たけどね。あれはまあ、ましなほうだった」ケイドはじっと見つめながらいった。

「こういうと思い当たるかな?」

「ええ」アビーはそういって弱々しい微笑みを浮かべた。「あの種の雑誌のカバーに選ばれるなんて画期的なことよ。わたしのプロダクションはすごく喜んでいたわ」

ケイドの視線がアビーの顔を這いまわった。その目にこめられた感情がいったいどういうものか、彼女には読めなかった。

「そりゃ、きみは昔から美しかった。肉体的にばかりではない。きみは朝の牧場の陽光を思い出させる。きらきらと輝いてすがすがしくてね。あのころの少女の身の上に、いったいなにが起こったんだ?」

アビーは心の奥深いところに疼きを覚えた。それはなにものをもってしても光を射すことのできない飢餓に似ていた。彼女の目がケイドの顔のしわを一本一本読み取る。少女だったあのころ、わたしはあなたにひるんでここを去ったのよ、といいたかった。わたしの一部は、ペインテッドリッジを去ったときに死んでしまったのよ。

しかし、そんなことはもちろんいえなかった。

「彼女はおとなになったんだわ」代わりに口をついて出た言葉はこれだった。

ケイドは頭を振ってにっこり笑った。不可解で、それでいて優しい笑い方だった。

「いや、そうでもないだろう。ぼくは記憶のなかにしまったままの彼女を連れて歩いては、ときおり出して見ているんだよ」

「彼女は恐ろしくナイーブだったわ」アビーはかれの言葉に動揺したことをけどられまいとしながら、つぶやくようにいった。

ケイドはゆっくり歩み寄って、彼女のすぐまえで足を止めた。見上げるほど背が高くたくましく、アビーはそこはかとない恐怖を覚えた。

ケイドにまつわる草と風のにおいに促されて顔を上げた。

「ずいぶん背が高いのね、忘れていたわ」その言葉はわれ知らず口をついて出た。

「ぼくはきみについてなにひとつ忘れていないけどな、アビー」ぴしゃりとたたきつけるような口調だった。「かつて、きみはぼくに近づくこともできなかったという事実を含めてね。しかし、いまはどうだろう。こっちが近づいたとたんに尻込みしているじゃないか」

「そうかしら」とアビーはつぶやいた。

「ああ、そうだとも。今夜だって子牛の小屋でぼくを避けた。気づかないと思っているのかい？　それから、トラックでもそうだったし……」ケイドはここまでいうと、深々と息を吸いこんだ。「ぼくはきみを傷つけたことなんかない。そうだろ？」

アビーの目は上着の縫いめをたどり、ボタンのそばに煙草の火でこがしたようなあとがあることに気づいた。かれの大柄なからだから体温が伝わるほどの距離にいながら妙なことに気がつくものだ。そう思ったとたん、かれに抱き寄せられたときの言葉にいい尽くせない甘美な陶酔がよみがえって、それがわずかきのうのことのように思い出せる事実になにか驚きに似たものを覚えた。

「わかっているわ」アビーはややあって答え、むりに視線を上げてケイドと目を見つめ合った。「わたし、ちょっと問題があってね、それをなんとか解決しなくちゃならないの」

「男かい？」ケイドはぶっきらぼうにきいた。

「まあね」とアビーはうなずいた。

ケイドの顔がたちまちこわばり、捕まえようとでもするように両手を上げた。しかしかれは、その手をポケットに突っこんだ。

「そのことで、うちあけたいわけだな?」

アビーの頭がゆっくり左右に振られた。

「まだその気になれないわ。まず自分というものを見きわめる必要があると思うの、わたしなりにね」

「それはきみの職業と関係があるのかい?」

「ええ。つづけようかどうしようかと迷っているのよ」

ケイドの顔がぱっと明るくなったような気がした。

「やめようと思っているのか?」

「いけない?」アビーは笑いながらきき返した。「カウボーイをもうひとり雇う気はないかしら。わたし、ゲートの閉め方が上手よ。嘘だと思ったらハンクにきいてみて」

ケイドは微笑み返した。黒い瞳が面白そうな光を宿した。

「じゃ、そうするよ」

アビーはため息をつき、「ひと月もたてば追い出したくなるわ」といって短く笑った。

「とにかく、わたしはいろいろと考えることがあるの」

ケイドはもの静かなアビーの顔を探るように見、それからひとりごとのようにいった。

「きみの力になれるかもしれないな」片手であごをとらえて上に向け、なにか珍しいものでも見るようにアビーの目をのぞき込んでいった。「男性問題で悩んでいることはメリーに聞いたよ。いやな思いをしたらしいってね。いったいなにがあったんだ？　男とうまくいかなくなったのかい？」

アビーはかれの指を逃がれるようにあごを引いた。指にこめられた力にうろたえたこともある。しかしそれだけではなかった。ケイドにたいしてほかの男性に感じたことのない反応のしかたをする。自分の意志ではどうにもならないことだった。デートをしようが社交の場で会おうが、ほかの男性はケイドのお粗末な代用品にすぎなかった。自分の心のなかで、ケイドがどんなに大きな位置を占めていたか、いまさらながら気がついた。何年ものあいだ、プールサイドの一件を心の奥へ押しやっていた。それを取り出して眺めることは怖かった。それが今夜こうして時間をさかのぼると心の奥でゆさぶられ、一瞬いやな情景は消え失せて、甘美な憧れがよみがえった。

ケイドの黒い瞳に、自分の世界のすべてを見る思いがした。かれはここの大地ほどに大きく広い。ニューヨークの魅力などは、かれのまえに雲散霧消してしまった。けれども、それをかれに知らせるすべがない。あの夜以来、かれはわたしを遠ざけたままだ。あたかも、わたしが傍《そば》にいることは耐えられないといっているみたいに。いまでも一歩うしろへ身を引いたところで、追ってこようとしない。わたしがするりと逃げても、なんとも思わないのだろう。

「そう、男がいたのよ」アビーは、ぽつんとつぶやいたままケイドを見ようともしない。

「ニューヨークでなにをしていたと思っていたの？　まさか故郷恋しさに夜ごと窓の外を見ていたなんて、思ってはいないでしょうね」

事実はそのとおりだったけれど、ケイドには知るよしもないことだった。わたしの生活から張りはとうの昔に消え失せ、空虚で孤独な毎日を送っていたというのに。

「ぼくはそんなふうには考えなかったよ。だってここがきみにとってどんなにつまらない土地か知っていたものな。きみは屋根の上からそれを叫ばなかっただけだ」ケイドはアビーをじっと見つめた。「その男はきみに近づきすぎるほど近づいたのかい、アビー？　つまりかれはきみと結婚したがったが、きみのほうで耐えられず断ったとか」

アビーはケイドをきょとんと見つめ、「そうだとしたらショックを受ける？」と火に薪をくべるようないい方をした。「まえにもいったとおり、わたしはいまの生き方が好きなのよ。自由になるお金があって、見たいものを見て、行きたいところへ行ける、それでいいじゃない。先月広告の仕事でジャマイカに行ってきたけど、九月にはまた別の仕事でギリシアへ行くのよ。おもしろくてたまらないわ」

ケイドは嘘を鵜呑《うの》みにして、冷ややかなまなざしを向けた。

「さぞおもしろいだろうな」かれはうなるようにいった。

かれはポケットから煙草を取り出して火をつけたが、目は片ときもアビーの顔から離さない。

「それなら、ボーイフレンドのことなんかどうだっていいじゃないか」

アビーは思わず固唾《かたず》をのんで目をそらせた。

「かれ……ボーイフレンドじゃなかったのよ……話せば長くなるけど」

「ゆっくり聞かせてもらおう」

アビーは急におちつきを失って顔をめぐらした。

「できたら別の日にして。ジェリーに挨拶もしていないから」

ケイドは腹をたてたのか荒々しく息を吸いこんだ。この場でいえと強情を張るかと思ったが、そうはせず、アビーごしに腕を伸ばしてドアを開けた。

アビーは、ケイドがいいのがれを真に受けたことにホッとひと安心して先に部屋を出た。ボーイフレンドだなんて、なんて恐ろしい冗談なのだろう。しかし、ほんとのことをいうぐらいなら死にたいような気がした。でも、考えてみればどうだってかまわない。わたしが情事の痛手を癒していると思いたければ勝手に思うがいい。いまとなってはどうだっていいことだわ。

5

　メリーはソファの上で、夫となるはずの背の高いブロンドの男のかたわらに身を丸めていた。アビーとふたりで部屋に入ったケイドがわざとドアを荒々しく閉めると、ふたりは驚いてびくっとした。

「ああ、なんだ、ボスじゃないか」青い目のジェリー・リッジリーは、ソファの背もたれごしにふりかえってニヤリと笑った。「やあ、アビー。よく来たねえ」

「ありがとう、ジェリー」

　アビーは努めて笑い返した。かれとはメリーと同じぐらい長いつきあいである。田舎で育つことのよさは、たいていの人と子どものころから知り合いであることだ。

「結婚式までいるのかい？」かれがきくと、メリーは姉を見て微笑みを浮かべた。

「そりゃ、なにものに替えても出席するわよ」とアビーは断言した。「そうそう、それで思い出したけどね、メリー。ウエディングドレスのスケッチをおおざっぱに描いてみたのよ。わたしのスーツケースに入っているわ」

「わたしに作ってくれるの、わざわざ?」

「あたりまえじゃない。デザインするのがこんなに好きなのにどうしてモデルになんかなったのかしらなんて、ときどき思うわ」アビーはため息まじりにいった。

モデルという言葉でニューヨークを思い出し、それがいも蔓《づる》式にいやな記憶を呼びさまし、彼女は目を曇らせた。

メリーがそそくさと腰を上げ、「そろそろカラがフルーツパイを盛りつけるころだと思うわ。見に行きましょうよ」といってアビーの腕をつかんだ。「男の人たちはわたしがいなくてもだいじょうぶ?」

「ケイドはだいじょうぶだよ」ジェリーは笑って、むっつり黙りこくっているかれにちらっと視線を送った。「でも、ぼくはだめだよ、ハニー。だから急いでくれよ」

「そうかい」メリーはジェリーの口調をまねて答え、ウインクをひとつするとアビーの手を引き、ドアをうしろ手に閉めて部屋から出た。

「ケイドとまたやり合っているの?」ドアが閉まるのを待ちかねたように、メリーがきいた。「かれはまるで雷雲みたいな顔をしてるし、お姉さんはお姉さんで顔が赤いし」

「ものすごく強情なのよ」アビーはうめくようないい方をした。「いましがたも、わたしはキッチンの片隅に追いつめられそうになってね。まさかわたしはほんとのことをいえないでしょ。だからいい逃れるのが大変だったわ」

メリーはため息をつき、姉を抱きしめた。

「ふたりきりになったとき、いえるといいわね」

「ケイドにいえっていうの?」アビーは笑いだした。「とんでもないわ。わたしはひたすら自分を守るだけ。それはそうと、かれは以前よりも頑固になったわね。なぜわたしの職業をあんなに毛嫌いするのかしら」

「お姉さんは、ほんとに知らないの?」メリーがいぶかしげにきいた。

アビーは無視して腕を組み、「トラックに乗ってていい合いがはじまったのよ。わたし腹が立ったからぶとうとしたら、手首をつかまれちゃって……」アビーはここでぶるっとからだをふるわせた。「強いったらないの……」

「でも、ケイドは一度も手荒なまねをしたことないでしょう?　そこがかれらしいところよ」

アビーはむりに微笑みを浮かべようとした。

「奇跡でも起こってくれないかしら。ケイドがわたしに触れると恐怖心がどこかへ飛んでいっちゃう、そんなことが起これぱいいと思うわ」

「起こる可能性はあると思うわ」メリーは低くつぶやくようないい方をした。「でも、時間をかけなくては。ケイドにはじめからほんとのことをいったのではまずいでしょう?　でもね、お姉さんに落度があったわけじゃないんだから」

「みんなそういってくれるんだけど」アビーはため息をついた。「とにかくカラを手伝いに行きましょうよ。いまのところは気を紛らしていたいわ。そのうちなんとかなるような気がするのよ」

その夜アビーは、大きなイスに座って煙草につぎつぎと火をつけ、ジェリーと書類に目を通すケイドに目をやりながら、なんとなく時間をやり過ごした。カラが目のまえにおいたデザートを平らげると、かれはウイスキーを二杯飲んだ。ケイドを見ていれば飽きることがなかった。あれから四年たつというのにまったく変わっていない。あふれるほどの男性味を見せていた。強くて有能で使いこんだ革みたいに心地よい男、そんなふうに見えた。

スタイルは問題にしない、実用一点張りの男だった。はき古したジーンズに色の褪《あ》せたシャツ、それでいて流行の最先端をいっているように見えたりするから不思議だった。大柄でたくましい肉体の持ち主、そのからだは鋼のような筋肉でできている。ケイドはたいして男前ではない。そのくせどこにいても目立つのである。

かれは一度視線を上げ、アビーと目がかち合った。すると彼女は、昔ながらの魔法にかかりでもしたような衝撃を受けた。アビーはついと目をそらす。

それからしばらく時間がたって、メリーはアビーといっしょにベッドルームに足を踏み入れた。少女時代からアビーのものだったベッドに腰を下ろし、ふたりしてウエディングドレスの型を検討した。

「すてきだわ」とメリーがため息まじりにいった。「でも、これを作るとなったら時間がかかってしかたがないわ」

「こつこつやって、一週間だわね」アビーはにっこり笑った。「ほんとに気に入った？」

「そりゃもう！」彼女はいつくしむように指先でデザインをなぞった。「こんなすばらしいデザインははじめて見たわ。売れるわよ」

「まあ、あなたのウエディングドレスを売れというの？　あいにくキャッシュ・レジスターみたいな心は持ち合わせていないことよ」

「ばかなことをいわないで。わたしのいう意味よくわかっているくせに。すごくすてきだといってるのよ。お姉さんは他人のデザインしたものを着て時間をむだにしているわ」

「そう思ってくれるとうれしいわ」

「そう思っているのはわたしひとりじゃないわ。ジェシカ・デインがなにかいってこなかった？　去年の夏、お姉さんがわたしに作ってくれたのがあるでしょ。あれがとても気に入ったみたいなのよ、彼女」

「ブティックを経営してる女《ひと》？　ううん、なんとも聞いていないけど。でも、ほんとのことをいうと反応を期待していたわ。わたしはデザインするのが好きなのよ、メリー。モデルをやってると自分が燃え尽きるような気がしてならないわ。のべつ疲れがとれないしね。社会生活もゼロになってしまう。そりゃ、いいお金にはなるけど。でも、しあわせになれなかったら、お金なんてあってもしょうがない。わたしはしあわせじゃないのよ」

「じつはわたしもそう思っていたわ。お姉さんはこれこそ自分の生きる道、といわんばかりに装っていたけど、わたしは見ぬいていたわ」

アビーは指輪のない手をじっと見つめた。

「ほかに見ぬいた人がいなければいいけど……」

「ケイドはいま三十六歳よ」メリーがだしぬけにいいだした。「遠からず結婚しなくてはならないと思うわ」

アビーはほろ苦く笑った。

「あら、そう？　それにしてはあまり急いでいるふうでもないわね。あの人、結婚についてなんていっているか知ってる？　結婚とは首つり縄だ、首をつってみたがる奴はバカだ、だって」

「孤独なのよ、あの人。かれのところで働いているから、わたしは誰よりも知っているわ。だって毎日見ているもの。身を粉にして働いているけど、夜なんかポーチにひとりで座って、地平線をじっと見ていたりするのよ」

メリーのその言葉に虚を衝《つ》かれた思いがした。それをけどられたくなかったアビーは、あわてて顔をそらした。

「あの人なら、どんな女でも選《よ》り取り見取りだわ」アビーは声に感情があらわれないように注意しながらいった。「わたしがここにいたころなんか、とっかえひっかえ女と外泊していたもの」

「それでお姉さんも考えたというわけね。かれは三つの牧場を経営しているのよ。全部合わせると優に小さな市ぐらいの広さがあって、寝る時間もないぐらいに忙しい人だわ。プレイボーイのまねごとをしている暇はないわよ。お金があるから、たいして男前でなくても、その気になれば遊べるでしょう。でも、かれの考え方はピューリタンよ。ジェリーが目のまえでわたしにキスするところを見ても、気持ちがおちつかなくなるんだから」

「ドナバンみたいね」アビーはケイドの父を思い出していった。「あなたとダニー・ジョンソンがうちの玄関のまえでキスをしていたところへドナバンとケイドが馬で通りかかったことがあったじゃない。ダニーにあれだけ説教するとは思わなかったわ」

「わたしも。ドナバンはちょっとかたすぎたわね。ケイドがあんなふうに偏狭なのもむりないわ。もちろん、シャイアンロッジみたいな狭いところで育った、ということもあるけれど……」

「モンタナを狭いなんていうのはあなたぐらいのものだわ」アビーはからかい半分にいった。

「つまんないところという意味よ」メリーはむっとしていいなおした。「お姉さんなんか、ニューヨークから帰るたびにカルチャーショックを受けているんじゃない？」

「そんなことないわよ」アビーの目が柔らかい光を帯びはじめた。「毎回、ああ、家に帰ってきたわと思うの。帰ってみてはじめて、ああよかったと思うのよ」

「そして窓辺にたたずんではケイドの姿を待ちわびているわけね」メリーはそういってアビーが頬を染めるさまを見とどけ、うなずいてみせた。「ほらごらんなさい。お姉さんがかれを見る目には愛情がこもっているわ。かれの姿を見さえすればどんな悪夢にも耐えられる、といわんばかりよ」

アビーは顔をそむけた。

「やめてよ。かれについては隠しだてなんかしないわ。それはあなたも知っているじゃない。やめて」メリーがなにかいいかけたのを差し止めるようにいった。「かれの話はこれでおしまい。それよりあなた、ジェリーを愛しているんでしょう?」アビーの語調からいらだちが消え、気づかいがとってかわった。

「ええ、ものすごく愛してるわ」メリーは告白した。「ビジネス・カレッジを出て家に帰って、ここで働くようになってから二、三週間はかれとのべつけんかしていたのよ。そしたらある日、かれは干し草の上にわたしを押し倒してのしかかってきたの」彼女は笑いながらつけ加えた。「それでわたしたちは飢えた恋人同士みたいにキスをし合ったわ。かれはその場で結婚を申し込んだの。わたしは考えもしないでイエスといっちゃったわ。意見の合わないこともあるけれど、かれほど愛している人はいないわ」

アビーは押し倒され、のしかかられる図を想像して思わず身をふるわせた。からだがひとりでにこわばってしまった。メリーはすかさず気づいて、「ごめんなさい」とあやまり、アビーの腕に触れた。

「男の人がその気になればどうしようもないということを知ったの」アビーは声をひそめるようにしていった。「力が強いものね。逃げようとして逃げられない経験をするまで、どんなに強いか気がつかないものなのよね」

「そんな話よしましょうよ」メリーが話題を変えた。「このドレスの飾りを決めなくては。カラが生地屋から買ってきたサンプルが、バッグにいっぱい入っているの。まずそれを見ましょうよ。気に入ったのがあったら、あした町へ行って買ってきてもらえばいいわ」

「いいわね」アビーは彼女を温かく抱擁した。「愛してるわ」これはいつにない感情の表現だった。

「わたしも」メリーもお返しにいって、からだを離し、にっこり笑った。「これ、わたしの大好きな生地だわ」メリーはサンプルを引っぱり出してはアビーに見せた。

そしてふたりは寝る時間がくるまで、ああでもない、こうでもないと検討をつづけた。

アビーはそのあと二、三日牧場を回って過ごした。ケイドたちのじゃまにならないよう心掛けながら、納屋をぶらぶら歩いて子牛を眺め、二階に積まれた干し草の束を見上げるなどするうちに、アビーは自分の家の農場で過ごした子ども時代を思い出した。そこはいまでは、ペインテッドリッジの一部になっている。アビーの父の死後、牧場はケイドに買い取られたのだ。アビーにもメリーにも経営する意思がなかったから、ケイドが買わなければ競売に出されたはずだ。

雪が溶けて、また春らしい気候が訪れると、アビーはゲイトを出て、パインの木立ちが監視役よろしくたたずむ丘にのぼって、そびえ立つ巨木の根もとに腰を下ろした。澄んだ空気を胸いっぱいに吸いこみ、手つかずの自然美にひたるのはなんともいえずいい気持ちだった。

見わたせば遥か地平線まで起伏の豊かな緑の丘陵、ふりかえれば峨々《がが》とそびえる山脈《やまなみ》、そのあいだを縫ってリボン状に流れる川。こんな自然に恵まれた土地がどこにあるだろうか。

ケイドのいいところは、この土地をこよなく愛していることだわ、とアビーは夢見心地に考えた。たえず自分の技量をみがき、州の自然資源を保護するための土壌保存サービスの人たちへの協力を惜しまない。

馬の蹄の音がしたので、アビーはゲイトのほうを見た。ケイドが黒い去勢馬にまたがって尾根を登ってくる。かれの乗馬はスタイルがいい。アビーは西部劇映画の主人公を思い出した。からだじゅうが筋肉のかたまりで優雅そのもの。そんなところも誰よりも好きな点だった。

アビーのまえで手綱を引き、ぴたりと止まった。かれは長い指のあいだに煙草を挟み、グレーのステットソン帽の広いつばの下からアビーを見つめながら微笑みを浮かべた。

「散歩かね?」

「うってつけだわ」アビーは木の幹にもたれ、見上げてにっこり笑った。長い髪にそよ風がたわむれ、上気した頰に振りかかる。「のどかでいいわね。先住民たちがここを渡すまいと猛烈に抵抗したというけれど、わかるような気がするわ」

ケイドの目がけわしくなった。

「人間というやつは大事なものを守るためなら命がけで戦うものだよ」アビーに目をすえながらいった言葉はいくぶん謎めいていた。「ところで、きみはなぜそんな袋みたいなものを着ているんだい」かれは、だぶだぶのブラウスとジーンズをあごでしゃくった。

アビーは突き刺すような視線を避けながら肩をすくめた。

「着心地がいいんだもの」

「だけどみっともないよ。透けて見えるブラウスのほうがいい」

アビーは眉を上げた。

「いやらしいわね」

ケイドは低く笑った。深々とした響きのその笑い声を久しぶりに聞いて、懐かしかった。それがかれを若返らせるようだった。

「きみにかぎるけれどね。たいていの女性には紳士的な口のきき方をしているよ、これでも」

アビーは探るような目でケイドの目を見、「このごろでは、女なんて選り取り見取りなんでしょう」と、上の空なつぶやき方をした。

「では、きみにこんなことをいったのはちょっと不謹慎だったということになるかな?」

ケイドはしゃあしゃあといってのけて、スパスパとうまそうに煙草を吸った。

「ぼくは忙しい男だ。そんな暇はないよ」

「忙しそうには見えるわよ」と同意して、アビーは細くたくましい脚を包む埃っぽいジーンズに視線を投げかけた。

かれは茶のブーツをはき、デニムのシャツには汗がにじんでいた。あのシャツの下には黒い胸毛がびっしり生えている。胸毛の下のかたい筋肉には、いつも触れたい衝動を覚えたものだった。

「春だからね、家畜の治療をしたり、子牛を親から離して焼き印を押したり、駆り集めがすめばすんだで夏の放牧地へ追い上げたりで、息つくまもないよ。干し草の種を播《ま》かなくてはならないし、機械は修理したり取り替えたり、臨時の作業員を雇うやら資材の調達やら、することはつぎからつぎと出てくるから、休む暇もない」

「あなたはそれが楽しくてたまらないんでしょう?」アビーの言葉には非難がましい響き

があった。「よその土地では生きていけない」

「アーメン」かれは煙草を吸い終え、短くなったのをぽいと放って、「代わって踏みつぶしてくれよ」といった。

「草が燃え上がるほど乾燥してはいないけど」そうはいったものの、アビーは歩み寄って靴底で揉《も》み消した。

「その昔、先住民と白人は戦《いくさ》を中断していっしょに野火を消したもんだよ」ケイドはそういってニヤリと笑った。「野火というやつは、いまでも消すのがやっかいでね」

アビーはかれを見上げ、陰った顔に昔の面影を求めた。

「あなたは馬に乗ってると、とてもくつろいで見えるわ」

「ま、鞍の上で育ったようなものだからな」かれはそういって片手を下へ伸ばした。「ぼくのブーツに足をのせて乗ってみろよ。家まで連れてってやるから」

「車の運転はひどいけど、馬だと安心かもね」

「これはまた、ご挨拶だな」

「だってほんとのことだもの。ドナバンはあなたの運転するトラックには乗ろうとさえしなかった。もっとも、高速道路ではあなたの運転も捨てたものじゃないけど」

「よくいうよ、まったく。乗るのかね、乗らないのかね」

アビーは乗りたかったが、ケイドとからだを接するのは怖かった。

「アビー、乗りたまえ」その声には、カウボーイに命令するときのような威厳があった。

アビーは機械的に応じてかれの手をとった。腕をすべるかれの手に、ぞくぞくと戦慄《せんりつ》を覚えた。鐙《あぶみ》にかかるかれの足の甲に足をのせて、ひょいとはずみをつけた。

ケイドは鋼のような腕でアビーの背を引き寄せた。アビーは肩がかれの胸に触れるのを感じた。

「座り心地はだいじょうぶかい？」

「ええ」と答えた声が妙にうわずっていた。

ケイドは馬を馬なり駆け走《キャンター》で走らせた。

「リラックスすれば、もっと乗り心地がよくなるんだよ」とつぶやく。「ぼくはべつに取って食いやしないから」

取って食べるつもりのくせに。アビーは背中に触れるからだの感触に激しい反発を覚えながら考えた。ケイドは革と雌牛と煙草のにおいがした。かれの吐く息が髪にふりかかった。

うしろからしっかり抱かれて火搔き棒みたいに座っていた。もっとくつろいだ気分で乗りたかったけれど、こんな状態ではコチコチになってしまう。ニューヨークでひどい体験をしているくせに、アビーの官能はケイドとの接触にともすれば疼《うず》きそうだった。

かれが低い声で笑いだしたので、アビーはなおさら身をこわばらせた。

「なにがおかしいの？」

「きみがさ。ぼくといっしょに馬に乗るのが怖いんだな。それほどぼくに魅力があるとは知らなかった。それとも、ぼくのからだが牛並みに、におうのかな？」

アビーは笑いがこみ上げてくるのをやっとこらえた。ケイドとこんな雰囲気になったのは何年ぶりかのことで、アビーはかれの乾いたユーモアをすっかり忘れていた。

「ごめんなさい……思ったより長いことこの土地を離れていたのね、わたし」

太い腕に一瞬力がはいった。アビーはおとなしくかれに上体をまかせた。かれの力にも、まえのような恐ろしさは感じない。まるで悪夢じみた経験は、生まれ育ったこの大地の大きさに吸いこまれてしまったみたいだ。アビーはいつのまにか、これまでにないほどの庇護感を味わっていた。

「四年になるね」ケイドはうしろでつぶやいた。「忙しい日程を割《さ》いてときどき帰ってはいるけど」

アビーは腹立たしさに身をこわばらせた。

「またむし返すつもり？」

「さっきのつづきだよ。きみが耳を貸さなくなったんじゃないか」かれの腕がちょっと締まり、熱い息が耳にかかった。「いつまでも子どもだな、きみは。きらびやかなときが一生つづくわけじゃない。女として満足を覚えるものはほかにあるはずだ」

「それはなに？　結婚して子どもを育てること？」

顔に冷たい水をかけられでもしたように、かれのからだがこわばったような気がした。アビーはいったあとで後悔した。本気でいったのではなかった。仕返しをしたかっただけだった。

「このへんの女性には、それでたくさんだよ」ケイドはぶっきらぼうにいってのけた。

アビーは地平線のあたりを見やった。見なれた平原の起伏と地形、高い木々の形、空の青さ、みんな懐かしいものばかりだった。

「あなたのお爺さんには、確か子どもが十人いたわよね、ケイド」アビーはマクラレン家のアルバムを思い出しながらいった。

「ああ」といってケイドは短く笑った。「あのころは、いまとちがって産児制限なんてやらなかったから、仕方がなかったんだな」

「牧場や農園を経営するには人手がいるから、大家族でなくちゃやっていけなかった、ということもあるしね」アビーがいった。

馬が足をはこぶたびに、ケイドの胸の筋肉がさざ波立つ。背中に伝わるその感触に、アビーはわれ知らず目を閉じた。

「それだけじゃない」ケイドがいった。「愛し合っていれば子どもがほしくなるもんだよ」

アビーはその言葉に笑いだした。

「あなたが愛するなんて、想像もできないわ。ぜんぜんあなたらしくないもの。女に首輪なんかされてたまるかって、あなたはいつもいってたじゃない」

ケイドは笑わなかった。笑わないどころか、かえって冷ややかになった。

「きみはぼくをまったく知らないんだな、アビー。これまでだってそうだったけど」

「ドナバンみたいに、厚さが三メートルもある壁を張りめぐらしているみたいなんだもの、あなたには誰も近づけやしない。マクラレン家の血筋だわね」

「近づければこっちが傷つくんでね。痛手をこうむるのはごめんなんだ」

「あなたにたいして、それだけの勇気がある人がいるなんて想像もつかないけど」

「へえ、そうかな」ケイドはいらついたような声を出した。同時にアビーを支える腕に力がはいった。

上体を屈めてケイトに手を伸ばしたケイドの顔を、ちらっと盗み見た。ひどくきつい表情をしていたのが気にかかった。かれは傷ついたらしいが、アビーにはその理由が見当もつかなかった。

「ねえ、ケイド」アビーはかれが上体を起こすまえに、小声で呼びかけた。

ケイドはアビーの目を見つめたが、アビーは視線に含まれる荒々しいものに身をふるわせた。

「きみはぼくを、木や石の類だと思っているらしいけど、それはまちがいだな。きみが若いときには苛酷な仕打ちを許しもした。しかしもう子どもじゃない。キッドの手袋は脱いだんだ。ぼくのいってること、わかるかな?」

どうして避けることができるだろう。アビーは恐怖と興奮のまじり合うなかで心臓がうちふるえるのを覚えた。彼女の目はわれ知らずかたくむすんだケイドの口もとに注がれ、キスの感触がまざまざとよみがえった。

「心配することはないわよ、ケイド。あなたを誘惑したりはしないから」アビーは世知にたけた女を気取り、からかうような口調でいった。

ケイドはアビーのあごをとらえ、むりやり視線を合わせた。アビーはそのとき、かれの目にひそむ険悪ないろに恐れをなした。

「プールで出会ったあの夜、その気になればきみを抱くこともできたんだ。ふたりともあれから四つ年をとった。しかしね、だからといってぼくがその手に出ないと思ったらまちがいだ。いつまでもじらしつづけていたら、ぼくはおたがいに後悔するような行動に出かねない」

アビーは正常に呼吸をしようとしたが、みじめな失敗に終わった。彼女はかれの胸が激しく上下するさまに気がつき、目を閉じた。

「昔わたしがあなたにのぼせあがっていたからといって、いまでもあなたに惚れていると思うのは自惚《うぬぼ》れだわ、ケイド」

まるでその言葉に促されでもしたように、かれの目がきらりと光った。次の瞬間、アビーのからだが浮き、ケイドのひざに乗せられて頭をかれの腕に抱えられた。

アビーはもがいた。想像していたとおり、ものすごい力だった。

「いや」アビーは小さな声をあげて必死に胸を押した。

「よし、それじゃぼくがどれだけ自惚れているか試してやる」

ケイドは歯をきしらせながら唇を合わせようとした。

目をちらっと見ただけで、ケイドが本気でいっているとわかった。唇がぴったり重ねられたとき、アビーは力なくうめき声を発した。

もしかれが自分の激情に駆られず、慎重にふるまっていればちがっていたかもしれなかった。しかし、アビーは恐ろしさのあまり、冷静に考えることができなかった。唇が容赦なく重ねられ、無力な自分のからだを男の腕が支えている。これではニューヨークの一件がくりかえされているようなものだ。アビーは恐怖にわななきながら、ケイドもふるえていると思った。しかしそれは定かではなかった。意識は、強く押しつけられたかれの唇と痛いほど締めつける腕に集中している。アビーはとつぜん抵抗した。やみくもに殴りかかった。その衝撃でケイドが顔を上げると、アビーは金切声をあげた。

かれの顔になんともいいようのない表情があらわれ、同時に青ざめたように見えた。

見上げたアビーの目は恐怖に満たされ、唇からは血の気が失せた。はずむ息で胸が激しく上下していた。

「いったい、どうしてしまったんだ?」ケイドは驚いて声をひそめた。

アビーは神経質に生唾をのみくだした。唇のふるえが止まらない。からだは弓なりに反ったまま凍りついたみたいだ。

「お願い……手荒に扱わないで」そういった声がいやに甲高くて、自分のものとも思えなかった。

ケイドが目を細め、アビーの顔をさぐるようにくまなく見まわす。

「なぜ戻ってきたのかね、アビー。帰ってくるからにはなにか理由があるはずだ」

「いったじゃない、疲れたって」

嗚咽《おえつ》がこみ上げて喉がつまった。

かれは声をひそめてなにごとかつぶやき、背筋をしゃんと伸ばすと、そっと優しくアビーのからだを離した。

「心配しなくてもいい」かれははっとして目を開いたアビーにいった。「きみを鞍に戻すだけだから」

アビーは突き刺すようなかれの視線を避け、そそくさと背を向けた。

ケイドは馬に拍車をくれ、家に向かって走らせる。

「触れられることに耐えられないなんて、なにか理由があるはずだ」ケイドはずばりといってのけた。「きみはなにかに傷つくか、おびえるかしている。男にひどいめにあったのかときいたら否定したけど、ほんとうはそうなんじゃないのかい、アビー？」

　アビーは歯をくいしばった。

「わたしの意思に逆らってむりやりキスをして、抵抗されたからそんな嫌みをいうの？　わたしがあなたに抱かれたくてうずうずしているとでも思ってるとしたら、自惚れというものだわ」

　ケイドはひとこともいわなかった。かれは玄関の石段に馬を乗りつけ、とつぜんアビーを抱えて地面に降ろした。

　アビーは馬の横にたたずみ、あごを上げた。

「送ってくれて、ありがとう」

　ケイドは煙草に火をつけ、おちつきはらってひとくち吸うと、おもむろにアビーを見下ろした。

「遅かれ早かれ、きみの身に起こったことをいってもらうよ」

「なにも起こらなかったわよ」アビーは語気を強めて否定した。

「それぐらい察しがつかなくては、牧場を三つも経営できないよ。メリーの結婚式の準備が目的で一カ月もまえに戻るわけはない。かといって、ぼくの顔が見たくてたまらなかったわけでもないしね」

かれの言葉は図星に近かった。アビーは顔をそむけた。

「どうでも思いたいように思ってよ」

「アビー！　ぼくに逆らわないでくれ」

ケイドの言葉で、アビーは心臓が止まったような気がした。かれを見上げると、怒りが消えてゆくのがわかった。ケイドはまぶしいまでにハンサムで男性的に見えた。アビーの目がどうしようもなくうるんだ。

「それなら、わたしを傷つけないで」アビーはもの静かにいった。

ケイドはわざとらしい笑い声をたてた。

「それはおたがいさまだろう」

「でも、あなたは強いわ。ダイナマイトででもなければ、傷つきはしないもの」

「あいにく、ぼくには都会のやさ男みたいな軟弱なエチケットの持ち合わせがない」

「軟弱というい方は疑問だわ。わたしは洗練された男の人が好きよ」

ケイドの黒い瞳がきらりと光った。

「必ずしもそうではないだろう。ぼくが見つめると頬を染めたりもしたじゃないか」

「ああ、昔のことね。あのころはあなたが太陽だったもの。あなたのほうはもっぱらわたしを遠ざけていたけど。そうでしょ？」

「だってきみはまだ十八だったんだよ。ぼくは三十二だ。あの夜きみのもとを去ったあとで、なんてばかなまねをしたのかと悔やまれてならなかった。きみに指一本触れるんじゃなかったと思ってね」

アビーにしてみれば、たったひとつの美しい思い出だったが、かれはそれが起こったことを後悔していた。かれが内心どう思っていたかまでは考えなかった。

アビーは目を落として顔をそらし、それっきりひとこともいわず、ふりかえりもしないで母屋へ足を向けた。


その日一日、アビーはこの出来事について考えつづけた。夕食のテーブルについたときには、メリーとジェリーはひと目でなにかあったと気づいた。牧場自慢の肉料理の支度で、キッチンとダイニングルームをせわしなく行き来するカラでさえ、異様な雰囲気に気づいたとみえ、このところ急に寒くなったわね、などと愛想をいった。

ケイドはまっ先に食事を終え、二杯めのコーヒーを飲みながら、煙草に火をつけた。

「必要なときにはいってね、そのレポートを印刷してあげるから」とメリーがケイドにいった。

ケイドはうなずいた。

「見せてもらおう。ジェリー、書き終えたら持ってきてくれ」といってかれは腰を上げた。

「売る雌牛を早急に決めなきゃならない。ジェイク・ホワイトが受精卵移植用に何十頭かほしいといってるからね」

「安い値でほしいわけだ」ジェリーは笑った。

「かれときたら、純粋なアンガス種を孕《はら》ませるにはうちの雌牛にかぎると思ってるみたいだな」

メリーはかたわらにぎごちなく座るアビーに気づいて、ニヤリと笑った。

「家畜の繁殖も進歩したものね。自然受胎の喜びもなしに、ヘレフォード種がアンガス種の子を産むんだから」

ケイドは彼女にするどい一瞥《いちべつ》をくれて、部屋の外へ歩み出た。

「恥知らずなことをいうもんじゃないよ」ジェリーはケイドのあとを追うためにイスから腰を上げ、「かれにバツの悪い思いをさせてしまったじゃないか」といった。

「あの人は心理的なコンプレックスを取り除く必要があるのよ。それを手伝ってあげただけだわ」メリーはささやき返して、投げキスをした。

するとジェリーはウインクを残して歩み去った。

「かれ、仕返しをするわよ」アビーは料理を突つきながら、深刻な表情でいった。「いつもそうだから」

「お姉さんもコンプレックスを取り除く手助けをしてあげるといいわ」メリーはふざけ半分にいった。

「わたし？　そんな気なんかないわよ。かれのコンプレックスなんか、こっちの知ったことじゃないもの」

　メリーは彼女をじっと見つめた。

「あなたたち、そろそろいい争うのはやめてキスをしたらどうなの？」

「かれにいってよ」アビーは不服そうにいって席を立った。「あなたは知らないでしょうけど、ケイドにいってもむだよ。わたし、ひどく頭痛がするの。先に失礼するから、みんなによろしくいっといてね」

　メリーがなにかいいかけるのをよそに、アビーはあたふたと階段を上った。

　牧場へ戻ってこのかた、アビーは悪い夢にうなされることもなかった。けれども、ケイドとあんなことがあったから、今日はきっとうなされるにちがいない、と思った。はたしてアビーの予感は的中した。

　アビーが金切声をあげたのは、真夜中を過ぎた時刻だった。声が尾を引いて消えかけたとき、ケイドがドアをさっと開けてとびこみ、電気をぱっとつけた。かれのうしろにはメリーが立っていた。

6

アビーは地味な木綿のパジャマを着て座っていた。アビーはガウンでからだをすっぽりおおい、青ざめた頬に涙が伝い流れていた。

ケイドはパジャマのズボンだけで、たくましい上半身をおおう胸毛がアビーの恐怖を除くどころか、かえって募らせるようだった。

「コーヒーでもいれてもらおうか」ケイドはメリーをふりかえっていったけれども、それは頼んだというより、うむをいわせぬ命令調だった。

「でも……」メリーは姉とケイドを心配そうに見比べながらためらった。

「いわれたとおりにしてくれ」

メリーは一瞬ちゅうちょしてから部屋を出た。彼女の足音が廊下を遠ざかってゆく。

ケイドは腰に手を当てがい、アビーを見下ろした。髪はもつれているし表情はきびしくて、ケイドはまるで嵐かなにかのように恐ろしげに見えた。

「ぼくは服を着てくる。きみも部屋着に着替えたまえ」

「あなたはそんな必要ないわ」アビーは弱々しい声でやっとそれだけいった。

　ケイドは半ばふりかえった。目がぎらぎらと輝いていた。「なぜだ？　ぼくをまるで強姦者《レイピスト》みたいな目で見ているじゃないか」アビーの顔から血の気が失せたのを見届けて、ケイドがうなずいた。「とにかく部屋着を羽織ってリビングルームにこいよ。ぼくをそんな目で見るのはやめることだな。ぼくはきみに指一本触れてないんだから。とにかくほんとのことをいってくれないと困る」

　ケイドはいい残して部屋を出た。

　やがてアビーはテリー織りの部屋着をまとって部屋を出た。

　ケイドはブルーのオープンシャツを着ていた。裾はズボンから出したままだ。はだしで肘掛イスに腰を掛け、上体をまえへせり出して髪をかきむしっていた。アビーが入ってくるとケイドは顔を上げた。

「まあ、掛けたまえ」ケイドはもの静かにいい、それからコーヒーを持ってきたメリーに向かっていった。「ありがとう。おやすみ」

「ケイド……」メリーはなにかいいたそうにした。

「おやすみ」とケイドはうむをいわさずにくりかえした。

　メリーはアビーを見やってため息をついたが、彼女の顔には悔いと、すまなさそうな表情があった。

「だいじょうぶよ」アビーはおちつきはらっていた。「ケイドは手荒なことなんかしないから」

ケイドはその言葉にちょっと驚いたような表情を見せた。しかしかれはせわしげにライターの火をつけた。メリーはおやすみといってリビングルームをあとにした。

「コーヒーを一杯くれないか」

アビーはいわれたとおりコーヒーをつぎ、機械的にクリームを加えてかれにわたした。ケイドは大きな手のひらにコーヒーの受皿をのせ、アビーに微笑みかけた。

「思い出してくれたのかい」

アビーは頬を染めた。知らず知らずのうちに、ケイドの好きないれ方をしていたのだった。何年もかけて覚えたケイドの好みが、これを契機によみがえった――たとえばかれは、砂糖を入れないということ。ステーキにポテトを添えて食べるのが好き、まる二日眠らなくても平気だけれど煙草は一時間と吸わないではいられない、ということなど……。

「お返しというやつか」ケイドはつぶやいて手を伸ばし、もうひとつのカップに角砂糖ふたつとクリームを入れて差し出し、びっくりして顔を上げたアビーに微笑みかけた。

アビーは受け取ってソファに腰を下ろし、クリームの浮いたコーヒーに目を落とした。

「些細《ささい》なことだけれど」やがて視線を上げるとアビーはつぶやいた。「あれから四年もたっているのにおたがいに覚えているなんて、驚いたわ」

「きみのことはいろいろ覚えているよ」ケイドはもの静かにいった。目は彼女の顔から離そうとしない。「とりわけ裸のきみをはっきり思い出すな」と、なにか悲しそうにため息まじりにいった。

アビーは頬を染めてうつむいた。

「ずいぶん昔のことだわ」

「四年だからな。しかし、ぼくはそんなにたったような気がしないんだよ。なにがあったのかいってくれないか、アビー」

アビーは思わず手がふるえ、コーヒーがこぼれそうになった。

「いえないわ、ケイド」

かれはもうひと口飲んでから上体をまえへせり出し、両手をひざの上に置いた。

「うつむいてばかりいないで、ぼくの顔を見たまえ。いつだったか、ぼくのぽんこつジープできみはお父さんの飼犬を轢《ひ》いたことがあったけど、覚えているかい？」

アビーはうなずいた。

「きみはお父さんの顔が見られず、ぼくのところにきてずいぶん泣いたっけ。ぼくはきみの肩を抱いて慰めたのを覚えている。それから、ペニー・ウォールデンがきみをおてんば娘と呼んだって怒ったこともあったっけ。あのときはきみは、棒切れみたいに痩《や》せっぽちだといわれたと悔し涙を流していたね」

アビーは精いっぱいの愛想笑いを浮かべながらうなずいた。

「いつもあなたに甘えて泣いていたわね」

「ああ。いまだってかまわないけど」ケイドは大きな手を差しのべ、辛抱強く待った。アビーはためらいがちに自分の手を差し出し、かれの手のひらに重ねた。握ったケイドの手は温かく、力強かった。

「これから先はこんな調子でいこう。つまり、きみが望まないかぎり、ぼくから触れることはしない。さあ、なにがあったのか教えてくれ。相手が結婚でもしていたのかな?」

「相手?」アビーはケイドをきょとんと見つめた。

「きみが情事をもった相手だよ」ケイドはおちつきはらってそういった。「夜中に悲鳴をあげたのはその男の夢を見たからじゃないのかい?」

アビーはやにわに立って駆け出したくなる衝動を抑えた。どうして真相をいうことができるだろう。

「心配することはない、いってごらん」ケイドはかすかな微笑みを浮かべながら促した。「ぼくはなにもきみの行為を裁こうというわけじゃないんだよ」

「誤解しているわ、ケイド」アビーはしばらくしてからいった。「情事なんかじゃないのよ」

「ちがうのかい? 確かメリーは男性がからんでいるといっていたけどな……」

「じつは、そうなの」

アビーの目が一瞬開き、ほんのつかのまながら苦悩があらわに見えた。

ケイドはなにかを感じはじめていた。表情が曇り、目がきらきら輝きをおびた。アビーの手を包むかれの手に、促すように力がこもった。

「アビー、いってくれ！」かれの口調は、これ以上がまんができないという調子だった。

アビーは目を閉じていった。

「襲われたの」

目をつぶったのは、それを聞いたあとのケイドの顔を見るのが怖かったからだ。いつはてるともしれない沈黙が起こった。

アビーは、自分のいったことがはたして聞こえただろうかと思った。しばらくたって顔を上げると、ケイドの節くれだった指がゆっくりカップを握るところだった。指の関節が白ずみ、やがてカップは粉々に砕けた。かけらが八方に飛び散り、濃いグレーの絨毯《じゅうたん》にコーヒーがしみた。

はっとしてケイドの顔を見た。するとまず痛ましげな同情がよぎり、つづいてやり場のない怒りの表情に変わった。

「誰だ?」と聞いた声がもの柔らかで、かえってすごみを感じさせた。

「わからないわ」アビーはもの静かな声で答えた。

「容疑者は必ずいるはずだ！」ケイドは飛び散ったカップのかけらも、ジーンズや絨毯にしたたるコーヒーも忘れて荒々しくいい放った。

「まだわかっていないわ。ケイド、絨毯が汚れてる……それに手をけがしているわ！」アビーは血を見て叫んだ。

「なんだ、そんなことかまうもんか」といってかれは手をちらっと見、ジーンズのポケットからハンカチを取り出して無造作に巻いた。「まだわからないとはどういう意味だ？」

「いったとおりよ。だって、ニューヨークは大都市だもの」アビーは立ち上がってケイドのかたわらにひざまずいた。「ちょっと見せて」大きな手からそっとハンカチをほどいた。親指のつけ根に浅い切り傷があった。「なにか薬をつけたほうがいいわ」

「それで、ぼくを避けようとしたのか」ケイドは聞いた。かれはうなだれたアビーの顔に視線を注いでいる。「外でちょっと荒っぽい態度に出たとき、ぼくを恐れたのはそのせいなんだな？」

「ええ」アビーは目を閉じて答えた。

ケイドは髪に触れようとして思いとどまり、手を引っこめた。かれはその手を肘掛けにのせ、ため息をついた。

「来客用のバスルームに、確か化膿止めがあったわね？」

「あると思う」

かれは腰を上げて廊下をあとからついていき、小さな化粧台用のイスに座って待った。アビーは化膿止めと包帯を探し出して傷の手当てをしたが、そのあいだケイドの目は彼女に注がれていた。

「わたしをそんなふうに見つめないで」アビーは息が詰まりそうになっていった。

ケイドの視線が手に注がれた。

「昔からの癖でなおらないんだ。きみは知らなかったろうけど」それから微笑みが消えると、かれは、「そのことを話せたら話してくれないか」といった。

アビーは黙ってケイドを見つめてから視線を落とした。

「仕事が終わってアパートメントに帰るところだったの。夜だったわ。ちょっと寒かったけれど、とてもいい夜だった。わたしはコートを着ていたわ。アパートメントはわずかブロックを二つ三つ行った先だったから歩いて帰ったの。通りには人気《ひとけ》がなくてね、ふと気がついてみると男の人がついてくるのよ。怖くなって駆けだしたらその男も走ってくるじゃない。そのうちうしろからいきなり捕まえられて小路に引きずりこまれちゃったの」アビーは思い出してぶるっと身をふるわせた。「わたしは逃げようと懸命にもがいたけど、なにしろその男は大きいし、力がものすごく強いのよ……。わたしを押し倒してキスをしながら触りはじめたわ……。それでわたしは必死になって金切声をあげたの。そしたら近くのバーから男の人が三人、わたしの声を聞きつけて走ってきたの。それで男は逃げていったわ」アビーはケイドの顔が青ざめて引きつったことに気づかず、大きく息を吸いこんで呼吸を整えた。「ありがたいことに聞こえたのよ。都会は冷たくて無情だっていうけれど、わたしの場合はそうではなかったわ。あとで聞いたところでは、わたしはとても運のいいケースだったらしいわ」

「誰がそんなことをいったんだ?」ケイドはまるでそれが一大事ででもあるかのようなきき方をした。

「暴行被害センターの人よ。みんな女性だわ」アビーはこころもち微笑みを浮かべ、優しくていねいに処置してもらったことを思い出しながら答えた。「暴行は受けなかったんだけど、助けてくれた人たちが、そこへ送りこんでくれたのよ。でもね、あんなことをされると、たとえからだは傷つかなくても精神的にひどい打撃を受けるものだわ。場合によってはもっとひどいめに遭ったかもしれない。そう考えだすと身の毛がよだってくるのよ。最悪の事態はまぬがれたけど、汚されたみたいな不潔感はどうしようもない。いまでもあのときのことはしょっちゅう思い出すわ……」

黙って見つめるケイドの顔がこわばっていた。

「もしあの夜きみを愛して、ここに引き止めていたら、そんなことは起こらなかった」

「あなたにその気があったかしら?」アビーはやんわり疑問をさし挟んだ。

ケイドは長々と息を吸いこみ、時間をおいてから、「そりゃ、あったよ」といった。やがて立ち上がって、「しかし、きみのお父さんには頬を打たれたにちがいない。ぼくを信用してきみを預けたわけだけれど、それがまちがいだった、ぼくを見損なった、ということになるんだから。ぼくはあの夜までバージンには指一本触れたことがなかった」

その告白を聞いて、アビーは誇らしい気持ちがわいてくるのを感じた。それが目にあらわれるのを見ながら、かれは微笑を浮かべてつけ加えた。

「あれ以来だって、一度も触れたことはない」

「思い知った、もうこりごりということ？」アビーはユーモアのつもりでつぶやいた。

ケイドはうなずいた。

「さあ、これできみも眠れるかな？」

暗い部屋を思えば、そこはかとなく気持ちがおちつかなかった。けれども、アビーは不安をさとられないように心掛けていった。

「ええ、だいじょうぶだと思うわ」

「きみさえよければ、ぼくと寝たっていいんだよ」ケイドの言葉の意味はアビーにもわかった。金輪際触れる気持ちがないからこそいえることだった。

「ありがとう。でも、もうだいじょうぶ」

ケイドがアビーの目をじっと探るように見た。

「きみはぼくを信用しているんだろうな」

「ええ、誰よりも。もしそれになにか意味があるとすれば」

「大いにあるよ」

「それはそうと、絨毯をどうにかしなくては」

「新しいのを買うさ。休みたまえ」

「ありがとう」アビーは、身をひるがえして部屋を出ようとしているケイドにいった。「わたし……メリーから、あなたにいいなさいっていわれたんだけれど、黙っていたのは自信がなかったからなの……」

「まさかぼくがなじると思ったんじゃないだろうな?」

アビーは絨毯に視線を落とした。知られてしまったと思うと、いまさらのように恥ずかしい気がした。

「まあ、やめておこう。きみはひどい体験をした。同情するよ。しかし、だからといってきみという人間が変わったわけじゃないんだ!」

「でも、からだが汚れてしまったような気がするわ」とアビーは唇をふるわせ、消えいるような声でささやいた。「自分の選んだ男性にあげるものを奪われてしまったみたいで。あの男に、誰にも許さなかった触れ方をされて……」

「そう、奪われたことにちがいはない。しかし、貞操を奪われたわけじゃない。たとえそいつが暴行を加えたとしても、きみはそれを失ってはいないんだ」

アビーは、からだから力が抜けたような気持ちでケイドを見上げた。

「えっ？　いまなんていったの？」

煙草に火をつけるケイドの指がふるえた。

「そうか、いい方が悪かったな」かれは煙を吐き出し、目を細めてアビーを見下ろした。

「それが起こったのはいつのことだったんだい？」

「先々週だわ」

「そうか、それでまだショックから立ちなおれないでいるわけだ。しかし、そのうち乗り越えられるよ。相手が愛する男ならば、まったくちがうはずだからね」

アビーは口をとがらせた。

「だけど、今日だってぜんぜん立ちなおってはいなかったわ。あなたはすごく怖かったもの」

ケイドの顔が青ざめた。しかし、かれは目をそらそうとはしなかった。

「ぼくがいけなかった。このところずっと女性に接していなかったもので、きみに触れたとたん頭に血が上ってしまった。恥ずべきことだ。しかし、そんなことがあったならあったと、早くうちあけてくれればよかったんだ」

「でも、わたしにはできなかったわ。だって、思い出すだけで身の毛がよだつほど、けがらわしいことなんだもの」

「一刻も早く忘れてしまうんだな」ケイドは包帯の巻かれた手をポケットに押しこんだが、それはあたかも、その手が彼女に触れたがるのを抑えようとしているように見えた。「その事件にいつまでもこだわるということは、襲った奴をみとめていることになると思う。それでは将来夫となる相手に申しわけないんじゃないかな」

アビーはあっと驚いて、ケイドの顔を穴のあくほど見つめた。

ケイドは煙草をもうひと口深々と吸った。

「きれいさっぱり忘れてしまうんだよ。事件の呪縛《じゅばく》から逃れられないということは、その男に支配されることにほかならないと思うんだ。感情的にも肉体的にも」

「わ、わたし、そんなふうに考えてみたことはなかったわ」

「ためしに考え方を変えてみることだな」

アビーはふるえるからだに腕を巻きつけるようにした。

「女性にとってどんなものか、あなたには想像もつかないのよ。男の力に抵抗するということが」

「きみは、ぼくの力のまえに無抵抗になりたがったこともあったような気がするけどな」

「それは問題がちがうわよ。だって相手はあなただもの、危害を加えられる恐れはないとわかっているじゃない」

「それじゃ、今日の午後はどうしたんだ。きみはまるで山猫みたいに抵抗した」

アビーは顔を赤らめた。

「あんなことをするんだもの」

「男の従業員にたいしてつらく当たるからといって、ぼくが内面的に非情な人間だとでも思っているのかい？　ほかの女性とちがって、きみはぼくをいらいらさせるんだよ。わざと神経を逆立てておいて、こっちが自衛しようとすると怒りだす。いつだってそうじゃないか」

「あなたが傷つくような人だとは思わなかったわ」アビーは突き刺すようなケイドの視線を避けながらいった。「とりわけ、わたしなんかにね」

「なぜそんなことをいうんだい」ケイドはうんざりしたといいたげな表情を見せた。「いまとなっては終わったことじゃないか」

「いろいろとありがとう。精神療法になったわ」アビーはそういって微笑んだけれども、この言葉にはいつわりも皮肉もなかった。

ケイドが微笑み返した。

「役に立ったかな？」

アビーはうなずいた。

「さっきは金切声をあげたりしてごめんなさいね、ケイド」と、かれの心づかいに感謝した。

「いまやっとわかったよ。時間をかけることだね。そのうち元気を回復するさ。及ばずながら力を貸すつもりだよ」

「ここに寄らせてもらってるだけでありがたいと思っているわ」

ケイドは一瞬、奇妙な顔つきになった。

「きみが結婚式のひと月まえに来て、牧場でのんびりしたいといっているとメリーから聞かされたとき、ぼくにはほんとの理由がわからなかった。ぼくはてっきり……」ここでかれは快活な笑いを響かせた。「よかったら、いっしょに寝てもいいんだよ。ぼくは指一本触れないから」

アビーはうるんだ目で、ケイドの表情を探るように見た。するとケイドも、目をそらすことができずに見返した。「カラもメリーもびっくり仰天するでしょうね」アビーは声をひそめ、冗談めかしていった。夜どおしかれの腕に抱かれて眠るのは、どんなにすばらしいことだろうと思った。「でも、そういってくれるだけでもうれしいわ」

「まったく邪心がないわけでもないがね」といってケイドは肩をすくめてウインクをひとつ。「早春にはベッドというやつはや、け、に冷たいんだよ」と、かれはいいたして笑った。

「まあ、いやらしい人」そういって、アビーは軽くぶった。

「ひとりで眠れそうかい?」

アビーはうなずいた。

「お陰で考え方がちょっと変わったわ。客観的に見られるようになるまで時間がかかるかもね」

「気を紛らわすものがほしかったら、あしたの朝、さっそく残りの子牛を見せに連れていくけどな」

「まあすてき」声が思わずはずんだ。「でも、雪が降ったらどうしようかしら。今日の午後はすごく曇って寒かったし、ラジオの予報でも――」

「雪に差し止められたことが一度だってあったかな？　おやすみ」

ケイドは踵《きびす》を返して階段のほうへ大股に足をはこびはじめた。

わたしはなにかに差し止められたことがあったかしら。アビーはふと自問しているのだった。

そうだ、一度だけあった……。あの夜、かれが本気でわたしをほしがっているとは、いまのいままで気がつかなかった。表面は冷静でおちつきはらっていたから、かれは若くて血の気の多い男性と恋に陥らないようわたしの好奇心を満足させているだけだとばかり思いこんでいた。それがいま、はたしてそうだったのかしらと疑問に思いはじめた。それを思いめぐらすうちに、アビーはいつか深い、満たされた眠りにひきずりこまれていった。

7

ケイドはアビーをまた子牛小屋に連れていくといったけれども、朝になってみるとペインテッドリッジは雪におおわれ、かれはカウボーイといっしょに半ば凍えている子牛や母牛をなかへ入れるために出かけた。ハンクによれば、かれはすこぶる機嫌が悪いらしい。「ほかの手袋がほしいんだとさ」ハンクは廊下で足を止めた。例によって頬がふくらんでいるのは噛み煙草が詰まっているのだ。「有刺鉄線に引っかかった雌牛をはずしているうちに破れちまったんだよ」

「食べ物じゃないんだからね、そんなに買い置きはないよ」カラは昼食の支度をしているところにじゃまが入ったとあってご機嫌斜めで、ハンクにいらだたしげな一瞥《いちべつ》をくれた。「あと一組しかないから、忘れずにいっとくれ」

「おっかなくていいえやしねえよ」つば広の帽子に降りかかった雪が溶けている。分厚い生地のコートも濡《ぬ》れていた。「ぷりぷり怒って寄りつけもしねえ。そんなことといったら、いつからおれの雇い主になったんだって、どやされちまうよ。おれは旦那《だんな》にいわれるとおりやってりゃいいんだからな！」ハンクは踵《きびす》を返したカラの背中に言葉を投げつけた。

「ハンク、忙しい？」メリーがコンピューターがある部屋から顔を出した。

「ああ、猫の手も借りたいとはこのことだよ。いまのうちに指を休めておきな、子牛に値札をつけ終わったら書類作りで忙しくなるから」

「例によって例のごとくね」メリーは笑った。「でも心配しないで。わたしはお給料をうんともらってるから、張り切ってやるわよ」

「たんまりもらってたら、ケイド旦那はやっていけねえよ」痩《や》せたカウボーイは誰にいうともなくつぶやいた。ジーンズにブルーのタートルネック・セーターでかたわらにたたずむアビーをちらっと見やって、「ミス・メリーの結婚式までいるんだってねえ。どうかね住み心地は？」と聞いた。

アビーは微笑みを浮かべた。

「上々だわ。昔に戻ったみたいな気がするわね」

「都会とは雲泥の差があるだろうさ」

「そうねえ、まず自動車の数が少ないわね」

「おれは馬のほうがよっぽどいい。広々とした土地を馬で走りまわってりゃ、いうことねえよ。神様が世の中をコンクリートだらけにするつもりだったら、人間なんてものはタイヤでお創りになったはずだよ」ハンクはうんざりしたような顔でいった。

ハンクの十八番《おはこ》がはじまったので、アビーが逃れる手を思いめぐらしていると、カラが使い古した手袋を持ってきた。

「はいよ」と無愛想にいって、差しのべたハンクの手にぴしゃりとたたきつけた。「これしかないから、穴をあけないようにしとくれ」

「いやになっちゃうよ、カラ。子守りでもあるまいに、来る日も来る日も子牛の世話ばかりさせられてさ。ケイド旦那がおれの気持ちをいくらかでも察してくれれば、もっとましな仕事を当てがうと思うんだけどな」

「それじゃ、柱の穴でも掘らしてもらいなよ。あとで文句をいってたっていっといてやるから」

「よし、いうならいってみろ。こないだの晩、旦那が楽しみにしてたチェリーケーキをどうしたのか、いってやるから」

カラは荒々しく息を吸いこんだ。

「そんなことといったら承知しないからね！」

ハンクは珍しくニヤリと笑い、「じゃ、おたがいさまってことだな。じゃ、またな、アビー」と肩越しにいってドアの外へ消えた。

「ケイドのチェリーケーキがどうしたの？」アビーは横目でカラを見ながら聞いた。

カラは咳払いをひとつして、「ジェブにあげたよ。わたしのチェリーケーキに目がないのは、なにもケイドひとりじゃないんだから」といいすててキッチンのほうへ足をはこんだ。

アビーは笑いをこらえながら、メリーのいる部屋へ入っていった。

コンピューターとプリンターの置かれた机に歩み寄ると、メリーが顔を上げた。

「ゆうべはふたりだけにしておきたくなかったんだけど」メリーは弁解でもするような口調でいった。「かれにいった?」

「いわないではいられなくなったのよ」アビーはそういってかたわらのイスに腰を下ろした。「ケイドはなにかやろうと思ったら、ぜったいに意志を曲げない人でしょ? でも、想像していたほどのことはなかったわ。だからいわんこっちゃないとは、いわなかったもの」

「そんなことはいわない人よ、かれは。お姉さんはときどき過小評価しているみたいだけど」メリーはちょっと気取った口のきき方をした。「リビングルームの絨毯《じゅうたん》に茶色いしみがついていたけど、どうしたの?」

アビーはうしろめたそうな顔つきになり、「わたしも気になっているんだけど、しみ抜きするといってもかれが聞き入れないのよ」といってため息をついた。「わたしがうちあけたとき、コーヒーカップを持っていてね……ぎゅっと握って壊しちゃったの」

メリーは一瞬目をつぶった。

「それで今朝手に包帯を巻いていたのね。どうしたのかと思った……」

「かれ、そのときちょっと考えさせられるようなことをいったわ」アビーは思い出して口もとに微笑みを浮かべた。「かれは心理学者じゃないけれど、知識が豊かというか、人の心理をよく知っていると思ったわ。こだわってくよくよ考えるのは襲った男から脱却できないということだ、というのよ。これまでそんなふうに考えたことはなかったけど、わたし、かれの言葉にも一理あると思うわ」

「かれ、人生相談でもはじめるといいわ」メリーはにっこり笑って皮肉まじりにいった。

「そうね」とアビーも笑って相槌を打ち、それから一分ほどのあいだ、キーボードにコードをたたいてはモニターを見上げる妹に視線を注ぎつづけた。

「なにをしているの？」と聞いた。

「群れの記録よ。牛を選り分ける準備をしているでしょ。基準に達しない雌牛は売りに出すのよ。出産率が悪いのとか、生まれた子で素質の悪いのとか、年をとったのをね」と、メリーは答えた。

「ひどい話ね」

メリーは陽気な笑い声を響かせた。

「そうよ。ケイドなんか子牛の肉にオニオンをかけて食べたいとかいってたわ」

「ああ恐ろしい。母親に背を向けられて凍えている子牛に、オニオンをあしらって食べたいだなんて、残酷もいいところだわ」

「感傷的になっていたら牧場はやっていけないわよ。お姉さんが経営者になったらみんなペットにして、菜食主義者になるしかないわね」

「ふーん」アビーは顔をしかめながらちょっと考えた。「ケイドがそんなこと考えているかしら」

「さあ、それは知りませんけど。でも、わたしだったら確かめるのは駆り集めが終わってからにするわ」

「それもそうね」とアビーは笑いながらいった。

メリーはなにごとかつぶやいたけれど、注意はたちまちコンピューターに向けられた。彼女はアビーの質問に答え、ケイドの牧場はコンピューターのネットワークでつながれていると説明して、牛や馬の情報を貯えるのにコンピューターはとても重宝なのよ、といった。ビデオカセットの装置もあって、買い付けにきた者は、部屋の中に居ながらにして牛を選ぶことができる。これはいちいち記帳して照合におおわらわだった昔とは比べものにならない便利さだった。アビーはコンピューターと、その計算の速さに魅了された。しかし、ものの三分もすると電話が鳴りだしたので、アビーは雪を見に外へ出た。

「ケイドは家で食事をしないの？」カラに聞いたのはメリーだった。

カラはテーブルに自家製のフレンチフライや、ハムの大皿や、パンや、香辛料を並べていた。

「そうなのよ」とカラはため息をついてみせた。「取りに来るからサンドイッチをつくって、コーヒーを魔法瓶に入れておけ、というのよ」

「もうじき来るかしら」アビーがたずねた。

「そう、そろそろだね」

「わたしが持っていくわ」

アビーはテーブルの上からサンドイッチの包みと魔法瓶を取って玄関へ急いだ。ブーツをはいて厚手のコートをひっかけてポーチに出ると、トラックの止まる音がした。

運転席に座っていたのはケイドだった。かれはアビーを見ると助手席のドアを開け、「ありがとう」といって手にしていたものを受け取り、座席に置きながら、「乗りたまえ。どうだい、今朝は気分がいいかい?」とたずねた。

「ええ、ありがとう」

ケイドは大きな手のひらを差し出した。アビーはちょっとためらってから華奢《きゃしゃ》な手を差しのべ、おずおずとその上にのせた。するとかたい指がやんわり包んで、ぎゅっと握りしめた。

「これからはこんなふうにやろう。きみの意思を尊重して、無理強いはやめだ」もの静かな太い声が心地よく響いた。

アビーはケイドの目を見つめた。一瞬、四年まえに戻ったような気がした。

「それはあなたの性分には合わないわよ、きっと」

「これまでは強引に自分を押し通してきたけど、そのうち慣れるさ。きみはどうだ」

ケイドの手の力に反発する気持ちと、そのぬくもりを楽しむ気持ちがふたつあった。

「わからないわ」アビーは率直に答えた。

「なにがいちばん怖いのかな」

「あなたの力」これはとっさに口をついて出た言葉だった。

ケイドはうなずいたけれど、かれの目には好奇心以上のものはあらわれなかった。

「近づくにしろ、触れたり抱いたりするにしろ、一切きみの意思に任せるとしたらどうだろう」

おもしろいと思った。それがアビーの目と、ちょっと頭を傾げたポーズにあらわれた。

「一種の心理療法というわけ？」

「ま、なんとでも好きなように呼ぶがいいさ」といってケイドは手のひらを開いた。手を引っこめるのも、そのままにしておくのもアビーの気持ちしだい、という意思表示だった。

「あなたを思いどおりにしようとするかもよ」アビーはにっこり笑いながらいった。「あなたの私生活に差し障《さわ》りないかしら？」いったあとでアビーは、誘いかけているように聞こえはしないかと気にかかった。

ケイドはアビーの顔をたっぷり見つめてから口を開いた。

「ぼくが情事にうつつをぬかすような男でないことは、知っていると思ったけどな」

アビーは真剣な目つきに胸の高鳴りを覚えた。しかし彼女は、「あまり考えたことなかったわ」と嘘をついた。

「女の経験がないわけじゃない。しかし、その場かぎりで尾を引いたことはないんだ。きみのいう私生活への差し障りはまったくない」

いきなりうれしさがこみあげてきた。だが、アビーはその気持ちをどういいあらわせばいいかわからなかった。

「よしましょう。わたしから積極的に出るなんて、できそうもないわ。これまでだって、そんな経験はしたことないし」

「ぼくはここに一日じゅう座って待っていてもいいけど」ケイドは悲しそうな表情をつくろった。「残念ながら、それでは仕事にならないんでね」

「わたし、ついていって手伝ってもいいわ」いいながら、アビーは急にケイドのそばを離れたくない気持ちに襲われた自分が不思議だった。

「それにしても寒いなあ」ケイドの目が上気したアビーの顔を這いまわった。「キスでもしようか」

心臓がどきんとひとつ打った。いままでにない興奮が身内に募るのを覚え、ふと見上げたらケイドの顳顬《こめかみ》に白いものが二、三本あった。

「まあ、白髪があるのね」

「きみに苦労させられたからな。十代のはじめのころはおてんばでね、曲乗りのまねをしては鞍にぶら下がったり、カヌーから浅瀬に飛びこんだり、父さんのブロンコでフェンスを跳びこえたりで、目が離せなかった……。いやまったく手に負えなかったなあ、きみは！」

「わたしとメリーにはママがいなかったし、パパはわたしたちが小学校のころから健康がすぐれなかったのでかまってくれなかったでしょう。だから、躾《しつけ》の面でなっていなかったのよね。わたしたちはカラやカウボーイやあなたに育てられたようなものだわ」

「おいおい、ぼくを年寄り扱いしないでくれよ。年上といってもわずか十四ちがうだけだ。それに、ぼくは一度も親戚だと思ったことはない」

「そんな意味でいったんじゃないわ」黒い瞳をのぞきこむと吸い込まれるような気がした。

「ほんとに、キスしてもいい？」

ケイドの胸がかつてないほど激しく上下した。

「キスしたいかい？」

「ええ……したいわ」というなりアビーは腕をうなじに回し、ケイドの顔を引き寄せた。

房にした髪の感触が心地よかった。ふと見るとかれの唇はかたく閉ざされ、自分の唇を重ねても開きそうにない。それはまるで、キスがみだらになるのを懸命に防ごうとしているように見えた。

ケイドの唇が自分のそれに伝わって、なんともいえず心地よい。強く押しつけると鼻先が頬に触れ、伸びたひげがざらざらした。かれの呼吸はいっそう激しさを増したけれど、筋肉はぴくりとも動かない。そっとひとつため息をついて唇を離し、顔を上げた。

ケイドの顔がこわばっていた。黒い目が燃えてアビーを見つめる。

「これでいい？」自信がなかったからかれに聞いた。

「ああ、上出来だ」とケイドは微笑みを浮かべて答えた。

「だけど、あなたは口を開かなかったわ」

「そこまでいくのはまだ早いよ」

ケイドはからだを離してエンジンをかけた。

「赤ん坊が歩き方を覚えるようなものだ。一歩一歩と段階を踏んでやる」

「赤ん坊とはひどいわ。でも楽しかった」

「これから毎回正式の招待状が必要かな？」ケイドは冗談をいった。

「あなたの盲点ににじり寄ることにするわ。それとも暗いところへ引きずりこもうかしら。メリーとジェリーを観察して手口を学びとるのもひとつの方法だわね」と、アビーも軽口をたたいた。

ケイドは笑った。するとアビーもいつのまにか声を合わせて笑っていた。

「それじゃ、そろそろトラックから降りてもらおうか。じつは急いでるんだ」

「たいした急ぎ方だわ」アビーはまぜ返して雪をあごでしゃくった。「もしほんとに急いでいるんだったら歩いたらどう？」

「それもそうだな。しかし、スノーブーツを屋根裏部屋に忘れてきた。そうだ、暇があったらメリーにコンピューターの使い方を教わっておけよ。彼女が新婚旅行で留守にするあいだ、誰か代わってやれる者がいないと困るんだ」

「わたしが？　でも、わたしはコンピューターのコの字も知らないのよ」

「だから覚えるには願ってもない機会じゃないか」アビーが頬を赤らめ、つづいて目を輝かせたのを見届けるとケイドはうなずいた。「結婚式が終わったからといって、ニューヨークへあたふたと戻らないように頼む。しばらくいてくれよ」

「それは、いてもいいけど」アビーは黒い目を見つめながら低い声でつぶやいた。

ケイドは彼女の目をしばらく見つめてからギアを入れ、「さあ、行くよ」といった。「逃げ出すかいっしょに来るか、決めたまえ」

「いっしょに行きたいわ」アビーはため息まじりにいった。「でも、じゃまじゃないかしら」

「じゃま？　そんなことは問題じゃないよ」

アビーは大きく息を吸って肩をすくめた。

「やっぱりよすわ。残念だけど、そろそろメリーのウエディングドレスに取り掛からなくちゃならないのよ」

「ふーん。生地は買ってあるのかい？」

「カラが買っておいたのを使うの。どれを使うか決めるだけのことだもの、簡単だわ。悪く思わないでね」

「ぼくが？　赤ん坊じゃないからね。一日じゅう子守りしてもらうこともないさ」

「あら、そう？　必要とあれば、何週間も徹夜で起きてあげてもいいのよ」アビーはまぜかえしてドアの把手に手を伸ばした。

「カラに夕食をとっておかなくてもいいといってくれ。今夜もまた遅くなりそうだから」

アビーはドアを開けたままうなずいた。

「わたしが運びましょうか？」

ケイドはにっこり笑った。

「スノーブーツをはいてか？　いや、よしたほうがいい。ものすごく寒いから。帰ってから適当に食べるよ。じゃあな」

「行ってらっしゃい」

アビーはドアを閉め、走り去るトラックを名残り惜しげに見送った。いっしょに行かなかったことを悔いる気持ちがある。しかしアビーは、行かなかった理由をあれこれ考えるのはやめにした。

その夜、アビーはメリーとふたり、カラが杉箪笥《たんす》にしまっておいた生地を引っぱり出して選んだ。

「わたしが先に結婚するなんて妙なものね」メリーは柄をためつすがめつしながらいった。

「お姉さんが先だと思っていたのに」

「わたしが？　誰と？」アビーは笑った。

「もちろんケイドよ」

アビーは思わず息をとめた。

「かれにはそんな気がなかったわ」

「バカね、それではお姉さんの目は節穴みたいなものだわ。かれはお姉さんを虹でも見つめるような目で見ていたわ。馬に乗せてあげたり、ドアを支えたりする手がふるえていたのにも気がつかなかったの？」

薄茶色のアビーの目が大きく見ひらかれた。

「ケイドの手が？」

「そうよ」メリーはイスの背もたれにからだを預けてため息をついた。「お姉さんがいなくなったときなんか見ていられなかったわ。二週間ものあいだ当たり散らして、男の人たちはびくびくするし、わたしたちはこそこそ足音をひそめて歩いたものだわ。夜になると暖炉のまえに腰を下ろして、虚ろな目で見すえているのよ。女のことであんなに悲しむ男は見たこともないわ。それをお姉さんがちっとも知らなかったとは、驚きだわ」

アビーは苦しくなって目を閉じた。それがわかってさえいれば、仕事もなにもかも放り出して飛んで帰ったのに。

「ぜんぜん気がつかなかったわ。気づいていれば、ニューヨークへ行ったりはしなかった。ほんとよ」

メリーは姉の目に燃え上がった情熱の炎に、思わず息をのんだ。

「かれを愛していたの？」

「それはもう」いったん閉じた目が開くと、涙にかすんでいた。「死ぬほど愛しているわ」

「まあ、そうだったの！」

「四年になるわ。四年ものあいだ想いつづけて、あげくに悪夢のような事件が起こったのよ。もしここにずっといたら、と考えてしまうわ。かれはどうしていってくれなかったのかしら」

「お姉さんのためにいちばんいいと思った道を選んだんじゃない？　あのころお姉さんはモデルになるといって張りきっていたもの」

「わたしは、ケイドを近くで恋いこがれるよりは、遠くで想ったほうがいいと考えたのよ。

だって、いつこっちの気持ちが通じるかわからなかったもの」

「うまくいかないものねえ、人生って」

「それよりも、早くこの柄を検討しましょうよ」

「かれはいまでもお姉さんが好きなのよ」メリーはつぶやいた。

「でも以前とは意味がちがっているわ」

「それはどうにでもなるわよ。お姉さんさえその気になれば」

「わたし、ケイドの気持ちがつかみきれないのよ。かれはわたしが子どものころ同情してくれた。その気持ちは、いまでも変わらないと思うわ。わたし、男の人に同情されるのは嫌いなのよ、メリー」

「ケイドの感情が同情だけだと決めつけるのはどうかと思うわ。お姉さんは美人だから、もっと自信をもてばいいのよ」

「大きな問題を抱えてもいるしね。ケイドには困った人を見ると助けたくなるようなところがあるでしょ。かれの感情が同情か愛情か、見きわめようがないわ」

「時間をかけて、じっくり見るのよ」

「そうねえ。ところで、コンピューターの扱い方を教えてよ。あなたがいないあいだ、わたしにやってくれといっていたわ」

「あら、そう？」と聞いたメリーの目が笑いを含んでいた。「かれの感情が同情だったら、そんなことを頼むはずないわよ」

「この話、もうやめましょう。それより、あなたはドレスを長めにしたいの、それとも裾の短いほうがいい？」

そのあと、ふたりは夜のふけるまでウエディングドレスの話に夢中になった。

8

それから数日のうちに、アビーは家畜の駆り集めについてさまざまなことを知った。牧場はその準備で、にわかに忙しくなった。物を買い入れたり、人を雇い入れたりで出費が嵩《かさ》む。全体を取りしきるのはむろんケイドだった。焼き印のこてを熱するのに使うガスの購入にいたるまで、かれが采配を振るう。同時に経営権を握っている、ふたつの牧場の駆り集めもしなければならない。そのあいまに牛の競売や重役会議があるし、ニューヨークに飛んで、オクラホマに飼育地を買う計画を煮つめなければならなかった。

ケイドは淡いグレーのスーツを着こなし、それによく合うブーツをはいて階段を下りてきた。ステットソン帽をかぶって、スーツケースを片手にぶら下げた格好はなんてセクシーなのだろう。アビーはつくづくそう思わないではいられなかった。

「これで準備万端整ったな」かれは低くつぶやいて玄関に足をはこぶ。

ハンクはトラックの運転台でしびれを切らしていた。

「トラックで空港行きは、ぱっとしないわね」とアビーがいった。「粋な格好をしているんだもの、もっとスマートな車にしなくては」

ケイドはちらっと見やって、アビーのジーンズとTシャツ姿に目を見張るといった。

「きみの着ているようなもので出かけたいんだがね」

「これじゃ、おかしいわよ」

ケイドは低い声で笑った。

「まあ、そうだろうがね。こんな窮屈な格好して、他人の操縦で飛行機に乗るなんて、まっぴらごめんだ」

「操縦の腕前が自動車の運転並みだとしたら――」

「それはいいっこなし」かれは時計をちらっと見た。「ぼくが帰るまで馬には乗らないこと。いいね？ ハンクには注意しろといっておいたけどな」

アビーは背伸びをして肩をそびやかしながら、「子どもじゃないわ」と笑った。

ケイドは、Tシャツを突き上げるアビーの胸の隆起に視線を注ぎ、口もとに微笑みを浮かべた。

「なるほど、子どもでないことは確からしい」

「まあ、いやらしい！」

ケイドは頬を染めたアビーを見て、おもしろそうに笑った。

「そういうことに気づいた男を非難するのは、酷というものだよ」

「ハンクがハンドルにもたれて待ってるわ」

「もたれるなり、立つなりさせておけよ。あいつはそそっかしく生まれついてきた男だから仕方がないんだ」そういって、かれはしばらくアビーを見つめた。「その気があるなら、別れのキスをさせてやってもいいけどな。どうだ、ぼくに頼む気があるかい？」

「あら、どうしてわたしが頼まなきゃならないの？」

「ぼくのやり方じゃ気に入らないようだからさ」

「本気でいっているの？」

浅黒い顔にさっとあらわれた表情を見て、アビーは心臓が激しく打ち、呼吸の速まるのを感じた。かれはスーツケースをどさっと落として、アビーに歩み寄った。

逃げようか、よけようかと迷っているうちに腰を抱きすくめられた。かれはかまわず抱き上げたから、目が同じ高さになった。そのとき、アビーはかれも自分と同じように呼吸が荒くなっているのを知った。

「本気かどうか試してみよう」かれはもの静かにいって頭を下げた。

ケイドは唇のあいだに唇を挟んで軽く噛むようにする。それでアビーの血は、かっと燃えたった。唇を重ねながら、アビーはもどかしくなって髪に指をからませた。じらすような唇の愛撫に、アビーは唇を開いた。それを待っていたように、ケイドの舌が侵入した。

ケイドの手が背中伝いに下りて腰のくびれを引き寄せ、舌が歯と歯のあいだを押しあけた。アビーはとつぜん歓びに襲われ、低いうめき声を発した。

片手が腰から脇腹に回り、しだいにのぼって一瞬ためらってから胸の隆起を包んだ。アビーはふたたびうめいた。

ケイドは唇を離した。呼吸が荒々しい。かれはうっとりと夢心地のアビーの顔を見つめていった。「どうだ、自分のからだがどう反応するかわかったかね?」

「やめて」アビーは苦しげにつぶやき、ケイドの胸もとに額をもたせかけながら、ケイドの手を押しやった。

「恥ずかしがることはない」ケイドは柔らかいブロンドの髪に額を寄せていった。「きみがほかの男にこういう触れ方を許さないのはわかっている。ぼくに許したからといって見下げたりはしない」

アビーの目が涙でうるんだ。かれほど心根の優しい男性はいない。ともすれば傷つけかねないようなことをさらりといってのける、そんなところがあると思った。

「わたしには、少しショックだったわ」

「ショックを受けたときのキスのし方が気に入ったよ」といってケイドは腕時計を見た。

「ああ、きみと別れを惜しんでいるうちに遅くなってしまった」

「ごめんなさい。ニューヨークは長いの?」

「二日ほどだ。暇もないしね。行ってなんかいられないんだけれど、相手に気持ちを変えられては困るんだ。飼育用地にどうしても必要なのでね」

　アビーは、りりしい表情を見上げてうなずいた。

「いないあいだにへまをしないように、帳簿をきちんとつけるわ」

「メリーがいるからだいじょうぶだよ」かれは大きくひと息入れ、スーツケースのところに戻ってひょいと手に取った。「それに、帳簿で扱っているのは給料だけだ。きみの仕事は家畜の管理だからね。気をつけてくれ」

「あなたこそ」

　たった二日でも、いなくなると思うと寂しかった。かれがいないと胸にぽっかり穴があいたような虚しさを覚える。

　ハンクがまたクラクションを鳴らした。

「飛行機に乗り遅れやしないかと気を揉《も》んでいるんだ。資材の注文を忘れたんで、今朝文句をいったばかりだけどね。かれは、ぼくがいないほうが気がせいせいするんじゃないかな」とケイドはいった。

「あら、それはみんなでしょう?」アビーは意地の悪い笑みを浮かべながらいってのけた。

「じゃあ、行ってくる。いないまに、ほかの男とキスなんかするんじゃないよ、いいな?」ケイドはステットソン帽のつばを下げていった。

「あら、比較されてはかなわないという意味?」

「さては読まれたか」

ケイドはウインクを残して、ふりかえりもせずに階段を下りていった。

アビーはメリーといっしょに過ごして、コンピューターの使い方を習った。姉妹は久しぶりにゆっくり話す機会をもてたし、アビーの気持ちも紛れた。

ケイドは帰ってきても夜の明け白むと同時に起き、夜も遅くならないと戻らないので、めったに顔を合わせなかった。週末にはアビーもコンピューターの扱いに慣れ、群れの記録のなかから特定の雌牛を選び出して情報をプリントするといった作業を、句読点ひとつまちがえずにできるようになった。

ケイドは暇を見つけてメリーに手紙をつぎつぎと口述筆記させ、ひっきりなしにかかってくる電話の応対をした。翌週、ケイドが机に向かって手紙に署名をしていると従業員から電話がかかり、品評会で入賞した雌牛が納屋で倒れたといってきた。急いで部屋を出たケイドのあとから、アビーがついていった。メリーとジェリーは朝食がすむとどこかへ出かけた。そこではアビーが機関銃の弾丸《たま》みたいにとび出すケイドの口述と短気を相手に、孤軍奮闘していた。

アビーはプリントアウトした手紙を手にしていたが、ケイドが黒い去勢馬の手綱を馬丁から受け取り、鞍《くら》にまたがりかけたところでそれを差し出した。

「これ、干し草の梱包会社宛てだけれど、行くまえに署名してくれないかしら？」

「ああ、そうだった。忘れるところだったな」かれは鞍に当てがい、さらさらと奔放に書きなぐった。

「マクラレン旦那《だんな》」新入りのカウボーイが横に馬を止めて口を出した。「買ったばかりのトラクターが壊れちまったんで、旦那にいってこいとハンクにいわれて来ました。下の畑で種を播《ま》いてるうちに心棒が折れちまったんですよ。販売店に電話を入れて、まだ保証がきいてるかどうか確かめたほうがいいって、ハンクがいってるんですけどね。もう一台はビリーが修理にかかってるけど、まだなおっていねえです。ヘイスティングズさんに三台貸して、ジョーンズも一台もっていったもんで……」

「しょうがないな」ケイドはいまいましげにつぶやいた。「よし。セールスマンに連絡をとって、代わりのがくるまで時間はどれぐらいかかるか確かめろとハンクにいってくれ」

「わかりました」カウボーイはていねいな口のきき方をした。「それから、機械係がガスはこれ以上いらないかときいてるんですけどね」

ケイドの顔に一瞬、こうたてつづけに問題が起こったのではかなわない、といいたげな表情が浮かんで消えた。

「牛が倒れたんだ。そいつの処置が終わるまで待てといえ。あの牛は二十五万ドルもしたんだ。死なれたんじゃ元も子もない。保険金では心の傷のなおしようがないぞ」と、ケイドはカウボーイをにらみつけた。「ジェリーに手当てをしろといえ」

「だけど、かれはいま忙しいんで」若いカウボーイはつぶやくようにいった。なぜかケイドの目を避けようとする。

「なにをやってるのかね」

「ええと、メリーとふたりで今度住む家の塗料の見本を調べてると思ったけど……」

「そんなことはやめろとジェリーにいってやれ。牧場で仕事をさせるために雇っているんだ。勤務時間を私用に使われては困る！」ケイドが、かっとなって大声をあげた。

「はい、わかりました、マクラレン旦那」

カウボーイはひょいと頭を下げ、そそくさと馬首をめぐらした。

アビーは目を輝かせてケイドを見ていた。てきぱき用をいいつけるさまは、ちょっとした見物《みもの》だった。それに、かれの癇癪《かんしやく》には底意地の悪いところがない。からっとしているので恨みを買ったりはしない。使用人にはそれを楽しんでいる気配すらあった。

ケイドはふりかえったとたん、アビーの目の輝きに気づき、広い帽子のつばの下で眉を上げて見せた。

「なにかおかしいことでもあったかな、ミス・シェーン？」

「わたしはただ恐れをなして立ちすくむばかりでございます、マクラレンさま」

ケイドは、はっはっはと笑った。

「家畜をかわいがるだけが牧場主の生活とでも考えていたかね」

「わたしはここで育ったのよ。だけど、メリーを手伝うまでは仕事がどんなにきついか知らなかった。よく耐えられるわね、ケイド」

「まあ、慣れているからな」かれは片手で手綱を握っていた。しかしもう一方の手を下へ伸ばして、アビーの頬に触れた。「それに好きということもある。きみが華やかなモデル業を愛しているようなものさ」

「わたしの仕事を茶化さないでほしいわ。現在の地位を築くまで、血みどろの努力をしたんですからね。モデルはただ美しく化粧してにこにこしていればいいと思ったら大まちがいだわ」

ケイドは手を引っこめて煙草に火をつけた。

「じゃあ、ここの生活は退屈でしょうがないだろう」

「退屈？　あなた、冗談いってるの？」

ケイドは顔をしかめて思いめぐらすふうにした。探るような目つきでアビーの目を見る。そのまま黙ってしばらく見つめ合った。やがてその沈黙が電流を帯びでもするように息苦しくなり、アビーはこころもち唇を開いた。

ケイドの息づかいもしだいに激しくなっていく。かれはそうしないではいられないとでもいうように手綱を落とし、一歩二歩と近寄った。ケイドの体温が伝わってくる。オーデコロンのにおいもただよってきた。視線をちらっとケイドの唇に送る。するとアビーはそれがほしくてたまらず、胸をきゅっと締めつけられるような気がした。鋼を思わせる指が腰にくいこむ。

「ぼくにキスをしたいか、アビー・シェーン？」ケイドが荒々しくきいた。

「ええ、とても」アビーがささやく。

しだいに陰るかれの目を見つめながら、アビーの心には当惑も恐れもなかった。

「わたしを抱き上げて」

手が腋の下にかかったかと思うと、からだがふわっと浮いた。ケイドの唇が目のすぐ下にある。アビーは腕を首に巻いて、手で頭のうしろを押さえ、引き寄せて触れ合ったとたん唇を開いた。

たちまちアビーはかたく引き締ったケイドのからだにぴったりとからだを引き寄せられ、激しい官能で、アビーの口から思わずうめき声が漏《も》れた。舌が口のなかに侵入してからみつくと、アビーのからだに戦慄が走り、血がかっと燃えたった。

「ノー」ケイドが唇を離しかけたとき、アビーは抗議した。「もっと、もう一度して……」

荒い吐息とともに唇がまた重ねられた。温かく、荒々しく、そして力づくのくちづけだった。やがて足が地面に着くと、アビーはケイドに寄りかかった。かれの唇は額を愛撫する。

「きみはぼくになにを求めているんだ、アビー？」

あなたの愛よ。みじめな気持ちに襲われながら、胸のうちにつぶやいた。わたしがあなたを愛しているように、激しく愛してほしいのよ。

「ごめんなさい」しかし口をついて出た言葉はそれだった。「あなたとキスをしたかったものだから」

「ぼくもそうだった。しかし、ぼくは子どもじゃないから、キスだけでは満たされない」

アビーの指がワイシャツに触れた。指先に厚い胸毛の感触があった。シャツの胸を開いてじかに触れたかった。その衝動が指を無意識に動かすと、ケイドのからだに戦慄が走った。

「やめてくれ」ケイドは低い声でいって、アビーの手を押さえた。

背中に回った手の感触が、なんともいえず気持ちがいい。それに心慰められる思いで、アビーはもの憂げにため息をついた。そばを離れたくない。しかしケイドの態度には、もうこれまでという姿勢がはっきりあらわれていた。

「忘れていたわ」

「なにを？」

「あなたが奔放な都会の女を警戒しているということ。心配いらないわよ、ケイド。あなたを干し草の上に押し倒すほど強くないから」

「きみはここに心の傷を癒《いや》しにきている、ということをおたがいに忘れちゃいけないな」ケイドはいった。ややあって、かれは、「ここにいるのもしばらくのあいだだ。ニューヨークに帰れば華やかな生活が待っている」といって赤毛に白い顔をしたヘレフォード種の牛が点在する丘陵をあごでしゃくった。「ぼくには、いちゃついている暇なんかないんだ」

アビーは熱いものに触れでもしたように、さっと身を引いた。

「ごめんなさい。つい感情に溺れてしまって」

「いや、キスぐらいではおたがいに傷つくこともないさ。ただ、ものごとには限界があるということを知ってもらいたかっただけだ。きみはいまのところとても傷つきやすい。こんな状態で自分の方向を決めたら、一生後悔することになりかねないと思うんだ」

謎めいたいい方をする。アビーはそう思いながら、それとなく拒否されているような心もとなさを覚えて、ケイドを仰ぎ見た。

さりげなくふるまうのよ。少なくともプライドを失わないこと。アビーはわれとわが身にいい聞かせ、懸命の努力で満面に笑みを浮かべた。

「分別があるのね。心配はいらないわ、あなたの服を引きはがしたりしないから」

「ぼくが女のまえで服を脱いだことは一度もない」

アビーは驚きのあまり頬が紅潮するのを感じた。

「ほんと?」

「ショックを受けたらしいな。きみはあるのかい？」

「あなたのまえで一度だけあるわ」アビーはケイドの強い視線を避けた。「もちろん、あれは偶然だったわ。あの夜あなたが牧場にいるなんて知らなかったもの」

「覚えているよ」いやなことを思い出させられたといわんばかりに、その声は荒々しく響いた。「さて、倒れた牛を見に行かなくては。今日は群れを囲いに移す。カリフォルニアから例の件で電話がかかってくるはずだ。きたら、番号をひかえてハンクを無線で呼び出し、ぼくに連絡をとるようにいってくれ」

「はい、旦那さま」アビーはユーモアたっぷりに答えた。

「おやっ？　背が低くなったみたいだな」

「ヒールのない靴をはいているもの。あなたって、誰と比べても背が高いのね」

ケイドはニヤッと白い歯を見せた。

「それでみんな怖がって、よくいうことをきくんだよ」

「おまけに怒鳴り散らすしね。働きすぎるとからだに毒よ」

「仕事をしていると邪心が起こらなくていいよ。あした晴れていたら、ピクニックにいっしょに行こう」

アビーの顔がぱっと明るくなったので、ケイドは見つめたまま目をそらすことができなくなった。

「川べりへ行くの?」

「きみはハコヤナギやパインの林のほうが好きじゃないのかい?」

「春だものね。芽を吹き出したハコヤナギの色ってすてき。あんな柔らかい緑色はほかにないわね。草が萌《も》えてみずみずしい……」

「そうだ、あそこのフェンスを点検しなくちゃ」

「のべつ仕事なのね、あなたって。ピクニックでさえ仕事に結びつけちゃうんだから!」

「牧場は事業じゃなく、ぼくの命だよ」ケイドの口調はもの静かだった。

アビーはいらだたしげにため息をついた。

「わかった、あなたは仕事と結婚しているんだわ!」

「ほかになにがあるというのかね」

その問いにアビーははっとした。彼女は優雅な身のこなしで鞍をまたぐケイドを見つめる。鞍に腰を下ろすと革がきしんだ。

「電話の件を忘れないように頼む。家のそばを離れないこと。今度雇った連中のなかには直接知らないのが何人かいるのでね」

「カウボーイは、たいていい礼儀正しくていんぎんだわ」

「なかにはそうでないのもいるんだよ。きみがここにいるあいだ、変なまねをする奴が出たら殺してやる。そのつもりでいてくれ」というなり、かれは馬首をめぐらして走り去った。

アビーは木陰にたたずんだまま、小さくなっていく姿を見送った。

アビーは腕をからだに巻くようにして母屋に戻った。そのとき彼女は、あの忌わしい事件の記憶が薄れているのに気づいた。まるで遠い過去の出来事のように、それはもう定かではなくなっていた。ニューヨークを離れてここにやってきたことが物の見方を変え、心の傷を癒した。

部屋に戻りコンピューターのまえに座った。よその牧場とちがって気のおけない雰囲気なのがいいんだわ。つくづく思った。

電話がとつぜん鳴って驚かされた。

「マクラレン牧場です」受話器を取って機械的にいう。

「アビー・シェーンさんをお願いします」心地よい響きの女の声がした。

「わたしですけど」

鈴を振るような笑い声が聞こえた。

「とうとう捕まえたわ。わたし、ジェシカ・デインです。メリーからわたしのことを聞きませんでしたか？」

ブティックの経営者だわ。アビーの目がにわかに輝きを帯びた。

「ええ、聞いていましたわ。でもメリーが大げさなだけで、あなたは本気ではないかと思っていたものですから」

「もちろん、本気です。だけど、アパートメントに電話をかけても捕まらなかったの」ジェシカは笑った。「わたしはワイオミング州のシェリダンに小さなブティックを持っています。おたくからは州境を越えてすぐのところだわ。サックス・フィフス・アベニューには太刀打ちできませんが、店頭売りのほかに、通信販売で手広くやっていますわ」

「あなたが成功したということは、メリーから聞きました」アビーはいった。「ニューヨーク以外では、レジャーウエアはあなたの店にかぎると彼女はいっているわ」

「だからあなたに電話したのです」と相手の女性はいった。「あなたがメリーにデザインなさったドレスを、春から夏にかけてうちで売り出そうと思いましてね。簡素ななかにもエレガントなたたずまいがあるし、だいいちお金があまりかかりませんから、うちのお客さんはみんなとびつくと思うんです」

「それ、本気でおっしゃっているんですか?」アビーは思わず勢いこんできいた。

「ええ、本気ですよ。もしあなたにその気がおありになれば、取り引きをしたいと思っています。あなたがモデルとして活躍されていることはよく存じていますのよ。じつをいうと、わたしもモデルをやっていましたの。十年まえに足を洗って、一切をこの店に注ぎこんだのです。いまでは、ニューヨークでモデルをしていた時分と同じくらい稼いでいますわ。あのころに比べて、脚が痛まないだけ楽だわ」そういって彼女は笑い声をたてた。

「まあ、モデルだったんですか。それでは内情をよくご存じですね」

　ジェシカは笑った。

「ええ、よく存じていますとも。トラブルに巻きこまれまいと、ずいぶん神経を使いました。いまではもっとひどいんじゃないかしら」

「わたしはパーティに行かないんです」アビーはうちあけた。「それに人ともつきあわないようにしています。でも、わたしはトップの十パーセントにも入っていませんから、正直にいって、もううんざりしているんです。できたらデザイナーに鞍替えしようかと思っていますの」

「それじゃ、うちの仕事をしませんか?」ジェシカは勧めた。「一度こちらへいらして、ご覧になりませんか。そうすれば、たがいに意見を交わし合うことができますから」

「そうですね。この先三カ月ほどは予定が詰まってますけど、八月の末にはあきます。そのころ連絡をいただけますか?」

「けっこうですわ。それはそうと、ニューヨークのご住所を教えてください。カタログをお送りしますから。ご覧になれば、きっと気持ちが動きますわ」

「もうその気になりそうです」アビーはため息をついた。

「あら、説得しやすい方ですね」相手はそういって笑った。「それでは番号をお知らせしますので、お気持ちが決まりしだいお電話をください」そういって彼女は番号をいった。

アビーはそれをカレンダーに書き込んだ。「ところでアビーさん、メリーの結婚式にはおいでになるんでしょうね?」

「ええ。わたしがウエディングドレスをデザインしたものですから」

「まあ、すてき! わたしも招待されているんですよ。では、そのときに会えるわね。式場の片隅ででも話し合いましょう。そのとき、わたしの求めている新しいデザインについてお話しします」

「待ち遠しいわ」アビーの言葉は嘘ではなかった。「ジェシカさん、今日はほんとうにありがとうございました」

「いいえ、お礼をいわなきゃならないのはわたしのほうですわ。あなたはすてきな才能を持っていらっしゃるんだもの。長い目で見れば、ニューヨークであくせくするよりは、デザイナーの道を歩んだほうがいいですよ。それに、自分のペースで仕事ができますからね」

「夢みたいだわ。ほんとにありがとうございました。それでは、式場でお会いするのを楽しみにしています」

「わたしも。では、ごきげんよう」

戻した受話器をつくづく眺めた。願いごとをしてたちまち叶《かな》えられたようなものだった。長い勤務時間とストレスを捨てて、いちばん好きなことをやっていられる。モンタナに帰ることだってできるのだ。

ケイドを捜していってみようかしら、ふとそんなことを考えたりした。少なくとも、わたしがきらびやかな生活を捨てたがっていることがわかってもらえるだろう。しかし、そう思いついたものの、やめることにした。仕事のじゃまをされれば怒るに決まっている。それに、わたしが故郷に帰ろうが帰るまいが、かれの知ったことではない。かれがわたしを牧場に滞在させているのは、メリーを自分の手もとに置きたいからだわ。ひょっとすると彼女に気があるのかもしれない。メリーは魅力的な女性だから。気があるということと愛することはまったくちがう。ケイドは徹底した独身主義者だ。結婚という言葉はぼくの辞書にはない――確かそんなことをいってたわ。

アビーはため息をついて、群れの記録を取りだした。ともかくデザインの仕事が舞いこんだのは、けっこうなことだと思った。

やがてメリーが戻って手伝ってくれたけれど、長い一日だった。

「そうそう、忘れていたわ。ジェシカから電話があって、そういってたのよ。すごいじゃない。やるつもり？」メリーがきいた。

「さあ、まだわからないわ。家には帰りたいけれど。でも、耐えていけるかどうか自信がないもの」

「田舎は寂しいということ？」

「ううん。ケイドのそばにいながら、月ほどかけ離れている状態がつらいのよ」アビーの目には報いられない愛の切なさがあらわれていた。「隣同士で暮らすより、何百キロも離れているほうが楽だわ。かれといっしょになれなかったら、むしろ会えないほうがいいと思うの」

「愛していないにしては、ちょくちょくキスをしてるじゃないの」

「キスぐらいしても傷つきはしないだろうって、かれはそういうのよ。そのくせ、わたしは心の傷を癒すために帰ってきたとか、ニューヨークで仕事が待っているとか、折りにふれてはいっているわ。そんないいぐさを聞いていると、なるべく早く追い出したいんじゃないかって、つい勘ぐりたくなるわよ」

「お姉さんが帰りたがっているのと同じ理由でそういっていると考えてみたことはないの？」メリーはもの静かに聞いた。「お姉さんはモデルをやめられないと思っているみたいよ」

「そんなんじゃないのよ」アビーは抗議するようないいかたになった。「かれには牧場がすべてなの。かれはいつも結婚する奴はバカだ、ぼくはぜったいに結婚しないと口癖のようにいってるわ。そうかと思うと、情事はよくないことだなんていったりするし。かれって、どう解釈すればいいかわからないわ」

メリーが両手を上げげた。

「お手上げだわ。あなたもかれも血のめぐりが悪いわねえ。いいわ、手伝ってあげるから記録を見せて。ところでジェシカの店へはいつ行くの？」

「結婚式に出席するっていうから、そのとき会って話すことにしたわ。どんな感じの女《ひと》？」

メリーはニヤッと笑った。

「それは会ったときのお楽しみ。お姉さんにとっては神の啓示みたいな機会になるわよ、きっと」

ふたりは、夕食の時間まで仕事をつづけた。メリーはジェリーと連れだって友だちの家へ行き、アビーが服を着替えて、四時間のあいだに四度も電話をかけてきた人に向かって、ケイドはまだ戻っていないといっているところへドアが荒々しく開いて、本人が帰ってきた。不機嫌な顔をして口をへの字に曲げ、片手に帽子を握りつぶしていた。

「そんなところで電話なんかしていないで、塗り薬でも持ってこいよ」アビーを見るなり、かれはそういって、足を引きずりながら階段を上りはじめた。

「どうしたの？」アビーは無意識に受話器を戻しながら、うしろから声をかけた。

「雌牛が襲いかかってきたんだ」ケイドは唸るようにいった。「急いでくれ」かれはベッドルームに入ってドアをばたんと閉めた。

アビーは塗り薬を取りにキッキンにとびこんだ。カラがキャビネットから薬を出してくれた。

「また雌牛かい?」と聞いたのは、キッチンに足を踏み入れかけたジェブだった。

「雌牛だそうよ」

「牛の世話は若いのに任せろといいなせえよ。何度いっても首をたてに振らないんだでな。お陰で骨は折るわ、生傷はたえないわ」

「旦那さまは、人のいうことを聞かないからねえ」カラがうなずきながら相槌を打った。

「一度なんか……」

ケイドの強情さを引き合いに出していいたてるカラをよそに、アビーは急ぎ足で階段を上った。

ベッドルームのドアを開けると、ケイドはシャツを脱いでいた。アビーはためらいながらドアをうしろ手に閉める。この部屋へは、プールから抱えられて入った記憶があった。あのときはジーンズがずぶ濡《ぬ》れだったけれど、その思い出には甘くほろ苦い味わいがあった。

「ふたりきりが気になるなら、ドアは開けておきたまえ」ケイドは肩をさすりながらうめくようにいった。

「ごめんなさい」とつぶやき、アビーは裸の胸から目をそらした。

シャツを脱ぐと筋骨たくましくて、へこんだ腹部に向かって逆三角形に胸毛の生えているところなど、男性の権化みたいなからだつきをしていた。

アビーは瓶の蓋《ふた》を取ってにおいをかいだ。ツーンと揮発性のにおいが鼻をつく。薬を手のひらに注いで患部につけ、すりこむと指に筋肉の感触が心地よい。

「どうして雌牛が襲いかかったの？」

「話せば長くなる」そういって、ケイドは煙草に火をつけた。

アビーはマッサージに余念がない。ケイドは痛いところに触られると顔をしかめた。

「煙草を吸ってだいじょうぶかしら？　この薬は揮発性だから、引火したらふたりともこの世からいなくなっちゃうわ」

「まさか……。おもしろいことをいうね」

「笑いは涙にまさると、パパがいつもいってたわ」

ケイドは顔をそらしてため息をつき、「ぼくのことできみが涙を流すなんて、想像もできないな」といった。

神さまって、ずい分鈍感な男をお創りになるものだわ。アビーは呆れて目をぱちくりさせた。

「それではいわせてもらいますけど、あなたはさぞわたしがニューヨークへ帰る日を、指折り数えて待っているんでしょうね」

ケイドは答えず、煙草の煙を深々と吸いこんで、閉じた唇のあいだから吐き出した。

「悪夢は薄れてきたかね？」

アビーは淡い微笑みをとりつくろい、「おおむね消えたわ」といって肩をすくめ、さらに薬を塗った。「あのときはどうなるのかと思ったわ。でも、ふりかえってみると、わたしは運がよかった、ほんとに幸運だったと思うのよ。小突かれているうちに人が来て追い払ってくれたんですものね。もし誰も来てくれなかったらどうなったかと思うと、ぞっとするわ。男って力が強いもの」

「男にも弱い奴がいるけどな」

アビーが目を落とすのとケイドが見上げるのが同時で、ふたりの視線がからみ合ったまま時間の流れがしばし止まったように思えた。アビーは目のまえのベッドに身を横たえて男性とはじめて親密な時を過ごしたあの夜のことを思い出していた。しかしケイドはあれ以来変わった。かつて親しかったのんきでユーモラスなかれは、手の届かないほどおとなになって、きびしい人間に変貌した。昔から心の読みにくい男だったけれど、いまでは顔になんの感情もあらわさなくなった。

ケイドはだしぬけに腕を伸ばしてアビーの腰を抱え、自分の横に座らせた。ベッドの上である。アビーはあえいだ。衝撃のあまり抗《あらが》うこともできなかった。

かれは横になって片肘を突き、アビーの表情を見つめた。アビーはケイドの胸に視線を落とす。彼女はそこに触れたくてたまらなくなり、その衝動に逆らおうと目をつぶった。

「怖いのかい？」

アビーの指がケイドの顔に触れた。無精ひげがざらざらして気持ちがよかった。

「あなたといっしょだもの、怖くないわ」

「しかし、安全は保証のかぎりではないよ」そういってケイドはかすかに微笑みを浮かべた。「きみに死ぬほどキスしてからつまみ食いして、それからぼくが逃げてしまったらどうするかね」

「死ぬほどキスして、逃げるのを忘れてほしいわ」

舌がアビーの口のなかに入ってきた。同時にからだがぴったり接触しあう。アビーはあえぎはじめた。ケイドの胸毛がアビーの胸を容赦なく揉みしだく。アビーは低い声でうめいた。

「怖いのかい？　それともうれしいのかな」とケイドがささやいた。

アビーの唇が無意識に開いた。華奢《きゃしゃ》な手がケイドの頭から胸に移り、かれの巻き毛を愛撫する。

「怖くなんかないわ」アビーは黒い目をのぞきながらいった。

「ぼくはきみを怖がらせるかもしれないよ、アビー。きみはまだ痛手から立ちなおっていない」

「まるでわたしが世間知らずなバージンかなにかのようにいってるわ」

温かいかれの指が、上気したアビーの頬にかかる長い髪をかき上げた。

「じつはそう思いこもうと努力しているんだよ。濃厚なキスはいけない、きわどい触れ方をするな、と自分にいい聞かせていれば、愛の行為ができなくなるからね」

その告白に驚いて、アビーは目を丸くした。

「今度は意識的に抑えているわけ？　わたしがおびえないように？」

ケイドが大きく息を吸いこむ。アビーはかれの胸がふくらむのを感じた。

「きみを傷つけることには耐えられないんだ」そういったケイドの声は太く優しく、ビロードのようにつややかだった。「きみがここへ来てからというもの、陶磁器のように扱ってきた。きみを避けるためにひたすら仕事に没頭した。しかし今夜は屈服してしまった。ぼくは今朝のきみを、くちづけをねだったきみを、ずっと思い出しつづけた……」ここでケイドは目をつぶった。「ああ、アビー、ぼくはきみをどうすればいいのだろう」ケイドはうめくようにいった。

アビーは口をきくことさえできなかった。かれはまるで目に見えないロープに縛られているかのようだ。アビーの指が広い肩を撫で、ケイドの肌のきめを愛撫する。ケイドのしわのひとつひとつ、からだの曲線のすべて、かれのすべてが愛《いと》しかった。

「あなたは今朝、少しぐらいキスしても傷つきはしないといったわね」

ケイドが黒い炎のような目を開いた。

「問題は、ぼくがキスだけでは満足できないということだよ」

アビーは彫刻のような唇に視線を落とした。すると、からだがふるえだすのを感じた。

「ねえ、ケイド……わたしに触ってもいいわよ」アビーはささやいた。

ケイドの吐く息が耳にかかって熱かった。

「危険なことになりかねないよ」

アビーは大胆な衝動に駆られてケイドの手をつかんだ。勇気が萎《な》えてしまわないうちにと思いながら、それを胸に引き寄せ、ためらいがちに乳房の上に置いた。

それがひき起こす官能のうずきは、思いも寄らなかった。アビーははっと息を吸いこみ、唇を噛んで、もれそうになった叫びを抑えた。

ケイドが頭を上げて目をのぞきこみ、指先でかたくなった乳首をいじった。かれの心臓が激しく打つ。それを自分の胸に感じた。同時にかれの目に欲望がくすぶりだした。

「四年になるけど、ぼくは一秒たりとも忘れたことはなかった。ぼくがこんなふうに触れたときの、きみの表情や叫びを覚えているよ」

「わたしがそのことを覚えていないとでも思うの?」アビーは声をひそめていった。「わたしはそれを糧に何年も生きてきたのよ」アビーは涙声になり、ケイドを見上げたとき唇がふるえた。

「ぼくだってそうだ」ケイドの声もふるえを帯びていた。かれはまたうつむき、こころもち開いたアビーの唇をかれの唇でなぞった。「きみはまだ若かった。いまだってそうだけど。ぼくに比べて何歳も若いし、住んでいる世界もちがう。アビー、ひとつ聞くけど、きみはこの下になにか着ているのかい？」

アビーはそのとき、もっと世間ずれしていればよかったと思った。ケイドがシャツの裾から手を差し入れ、自分で確かめにかかるとアビーは頬を染め、からだをこわばらせた。やがて手が肌に触れたとたん、ケイドのはっと息をのむ気配が伝わってきた。

アビーは両手でもつれた胸毛をさする。

「わたし、こんなふうに触れるさまをよく夢想したものだわ」アビーは告白してケイドの目に見入った。

「ああ、とても気持ちがいいよ」

ケイドはからだをふるわせた。かれはあいた手でアビーの頭を押さえ、貪るようにアビーの口を吸った。ケイドはもう一方の手でアビーのからだを愛撫する。アビーはたまらず身をくねらせ、甘美な歓びにうめいた。息苦しくなってそっとからだを離した。

「どうしたんだ？」

「息苦しいの」引き寄せられて顔を自分のほうに向けたケイドに、アビーはいった。

「ぼくの息を吸わせてやる」

ケイドはまた唇を合わせ、両手を背中に回して胸で乳房を揉みしだいた。

「ほかの男にはけっしてこんなふうに触れさせない、といったことがあったけど、あれはほんとうだろうね？」

「ほんとうに決まってるわ」ささやいたアビーの声が、興奮でふるえていた。「あなたとのことがあって以来、わたしは、ほかの男性に惹《ひ》かれたことがなかったわ」

ケイドは長距離ランナーのように息をはずませながら頭をもたげ、アビーのシャツの裾のめくれたあたりに視線を注いだ。白い肌に触れるケイドの手は、なめし革のように浅黒かった。

「この気持ち、あなたには想像できないでしょう」

アビーの目が涙にうるんでいた。

「触れられることかい？」

アビーはゆっくり頭を振った。

「あなたといっしょにいる気持ち……こうして。こんなふうに見つめられるの、好きよ」

一瞬ケイドが息を止めたような気がした。かれの指が這いのぼって、かたくなった乳首をつまむ。アビーはあっと小さな叫び声をあげた。すると、ケイドはとつぜん手を引っこめ、上体を起こしていった。

「よそう」

アビーは満たされぬ思いで身を起こし、ケイドのまえにひざまずいてふるえる手を肩に置いた。

「アビー」ささやいたケイドの声が、興奮のあまりかすれた。

かれは両手をアビーの背に回し、引き寄せて胸を合わせた。ケイドは腰を抱いて思いきり引き寄せた。触れたケイドのからだがかたく燃えるような熱を帯びていた。ふたりは抱き合ったままベッドに倒れこむ。ケイドはからだを半転させ、ゆるゆるとアビーの上にのしかかった。やがて激しいキスになったが、化粧水と塗り薬のにおいの混じるなかで、アビーはからだの奥深いところから愛がうずき、ほとばしるのを意識した。

手がひとりでに動いてケイドの背中を伝い下り、ウエストに達した。するとぴったり合わせたケイドの口からうめきがもれた。ケイドは温かくてかたい。鋼鉄のようにたくましかった。四年まえのあのときでさえ、これほどまでの親密さはなかった。かれの感触はアビーの五官を酔わせ、しびれさせ、からだの奥にひそむ飢餓を半ば目覚めさせた。ぴったり肉体を合わせながら、これだけではものたりない、ふたりの気持ちのしこりを一切取り除いて、もっと密着しあいたいという欲望に駆られた。

なめらかな背中の筋肉の感触がたまらなくよかった。アビーの手は背中から脇腹、そして胸に移ると、胸毛をなぞりながらだんだん下降していく。胸毛は腹へと、さらにその下につながっている。愛している、わたしは愛している……。

ケイドの大きなからだが、まるで撃たれでもしたように痙攣《けいれん》したとおもうと、かれは言葉鋭く叫んでぱっとからだを離し、回転させて仰向けになった。ケイドのからだは満たされぬ欲望にあえぎ、うちふるえた。かれは目を閉じ、歯をくいしばる。その歯のあいだから激しい息づかいの音がする。そんなケイドを見て、アビーは悔いた。けっして限度を越えない人だとわかっていたからこそ、ここまできた。でも、それはケイドにとって酷というものだった。

アビーはふるえる手でブラウスの裾を下ろし、上体を起こした。深々と息を吸いこみ、ベッドのふちから脚を投げ出す。

「ごめんなさい」聞こえるか聞こえないような声でいった。「わたしはどこまでが限界か知らなかったの」

「これでわかっただろう?」ケイドは詰《なじ》るようないい方をした。

アビーはベッドから降りてかれを見た。かれは青ざめた表情で上体を起こし、シャツに手を伸ばした。

「ごめんなさい」アビーはおろおろした声でいった。「男の人には……がまんするのがむずかしいことはわかっているわ」

「刺したナイフで抉《えぐ》るようなまねはよせ」かれはいった。その声は切りつけるように鋭かった。かれはポケットから煙草を取り出し、ふるえる手で火をつけた。「きみにそういう予期していないことをされると、どうしようもなくなるじゃないか。ぼくは自制できなくなった」

アビーはむりに微笑みを浮かべようとした。

「あなたにたいしてむり強いはしないと約束したことを、すっかり忘れていたのよ」

しかし、ケイドは笑うどころか、ますますきびしい顔つきになった。

「カラの辛辣《しんらつ》な言葉がいやだったから、きみに薬をつけてもらったんだ！」

「今度は気をつけるわ」アビーはいい返してくるりと踵《きびす》を返した。目が怒りを帯びていた。「でも、はじめたのはあなたじゃない！」

ケイドの鼻孔が広がった。

「そうだ、ぼくがはじめた」低い声でいう。「なにひとつ変わっていない。ぼくがきみに触れると、ふたりしてふるえだす。きみが十八のあのときもそうだった」ケイドは狂おしそうに髪をかきむしった。「しかし、あのときは自分のものにしなかった。いまはどうか。いまだって自分のものにする気はない。それ自体には未来がないからだ」

「なんというエゴかしら」アビーを投げつけるようにいった。「あなたという人の頭には、自分しかないのだわ！」

「それはきみの偏見だ」ケイドは言葉鋭くいい放った。「ぼくは日がな一日、仕事に没頭しようと心がけた。しかし、今朝キスをしたことばかり思い出すんだ。まるで喉が乾いて死にかけた男が氷水でも思い出すみたいに、きみの唇がありありと浮かんできて仕事にならなかった。いったい、ぼくはどこまで耐えればいいんだ？」

「あとしばらくの辛抱だわ。じきにいなくなるんだから」

「それはわかっている」そうケイドはいったが、その声がなにか虚《うつ》ろに聞こえた。マットレスがきしんでかれが立ち上がった。「セックスは人間を結びつける絆《きずな》としては愚劣なものだよ、アビー。ぼくらの関係をそういうものの上に築きたくはないんだ」

アビーは思わず顔を赤らめた。それを見られたくなかったから、そっぽを向きつづけた。

「それじゃ、あしたのピクニックも中止だわね」

「いや」意外にもケイドは首を横に振った。「中止にはしたくない。だって、ふたりきりになれる最後の機会じゃないか」

ケイドはもうこれっきり会わないとでもいうようないい方をした。アビーは泣いてとりすがりたかった。ほんの少しでいいから愛してと哀願したい衝動に駆られた。しかし、彼女は歯をくいしばってこらえ、大きく息を吸いこんでいった。

「人が増えたから食事の用意が大変なのに、ピクニックの用意までさせては、カラが喚《わめ》き出すわ」

「勝手に喚かせておけばいい」ケイドはこともなげにいってのけた。「さて、納屋に戻らなくては。雌牛は少し回復しかけているけどね、今夜獣医が診てなんというかな」

「サンドイッチとコーヒーぐらいなら用意できるけど」

「いや、なにもいらない」

アビーはドアを開け、しばし足を止めた。

「わたしもいらない？」アビーはそういうなり踵を返し、目に涙を浮かべながら階段を駆け下りた。

9

翌朝六時に、アビーがキッチンに入っていくとカラはすこぶる機嫌が悪かった。

「ベーコンとチキンをいっしょにフライしなきゃならないんだから」カラはストーブのまえに立ってぶつぶついっていた。「この忙しいのにピクニックもないもんだよ！」といって肩越しにアビーをにらみつけた。「ぼさっと立っていないで、テーブルをセットしなさいよ」

「はい、奥さま」アビーはひょいと脚を折り曲げてお辞儀をした。

アビーは両肩に小さなストラップがついてボディスにはゴムが入った黄色いサンドドレスを着ていた。ドレスは自分がデザインしたもので、ブロンドをざっくり垂らした格好はファッション雑誌から抜け出たように見えた。

カラはぶつくさいうのをやめてアビーを見つめ、「あら、すてき、自分で作ったのかい？」ときいた。

「そうよ」といってくるりと回転してみせた。スカートがふわっと広がり、すらりと長い脚がむき出しになった。「涼しいし、着心地がいいのよ。ゆったりして。よかったら一枚縫ってあげてもいいわ」

「そういうのを着てみたいものだねえ」カラはやぼったいハウスドレスに視線を落として、ため息をついた。それから彼女はしょぼしょぼした青い目を細めていった。「ケイドとふたりのときは気をつけなきゃだめよ。ゆうべ部屋から出てきたとき、どんな顔をしてたかちゃんと知っているんだから、こう見えてもわたしの目はふし穴じゃないんだからね。とにかく、あまり近づけないことだよ」

アビーは頬がほてるのを感じた。

「だけど、カラ……」

「だけどもへちまもないよ。わたしゃケイドをよく知ってるからね。あんたがここへ来てから、人が変わっちゃったよ。牛のせいじゃないねえ、これは」彼女はあごをぐいとしゃくった。「結婚式のことをケイドがどう思っているかは、わたしもあんたもよく知ってるよね、アビゲイル?」カラの語調はにわかにおとなしくなったが、アビゲイルとフルネームで呼びかけるのは大真面目でものをいうとき以外めったになかった。「あんたはかわいいし、ケイドも好きだよ、わたしは。だからさ、あんたが傷つくようなことは起こしてもらいたくないのよ。メリーに話を聞いたけどね、フライパンからとび出したはいいけど、火にとびこんじゃったら元も子もないじゃないの。後悔するようなことは避けなくちゃね」

アビーは心配してくれるこの老女を抱き締めたい衝動に駆られた。しかし、彼女はそれを抑え、「ケイドがそんなに危険かしら」と、ひとりごとめかしてつぶやいた。

「ケイドはね、おなかを空かせた男がオニオンをたっぷりあしらったステーキでも見つめるような目であんたを見てるよ。だけど、いったんおなかがくちくなったらステーキなんか見向きもしないよ、あの人は。わたしのいってることわかるだろう? ほしがるってことは愛じゃないんだから」

「それはわかっているわ」アビーは切なそうにため息をついていった。

「だったら、そのつもりで行動しなさいということ。かれはこのところ牧場で働きずくめだけれど、飢えた男は怖いんだよ」

「でも、わたしはおとなよ。自分の心配は自分でできるわ……たいていのことなら」

「できないこともあるからいっているんだよ。とにかくテーブルの用意をしなさいよ」

「はい、奥さま」アビーは冷やかし半分にいって笑った。

ふたりは食器を運んでテーブルに並べた。ケイドはいつになく起きてくるのが遅く、しびれを切らして呼びに行こうかと思いはじめたとき、ようやく階段を下りてきた。

かれは一睡もしなかったような顔をしていた。黒い髪はシャワーを浴びたせいでまだ湿っている。赤茶色のデニムのズボンの上に黄色の柄が入ったシャツを着て、ぴかぴかに磨いたブーツをはいていた。いかにも荒くれ男めいた格好なので、アビーはそこはかとない恐怖を抱いた。

「あなたは確かフェンスを繕《なお》すといっていたわね」

ケイドは、「ああそうだよ」と答えてテーブルの上座に座り、アビーの顔からからだの線をなぞるように見つめた。「食事が終わったら着替えてくれ。その半ば裸のような格好では、ピクニックに連れていくわけにはいかない」

だしぬけに攻撃を受けた感じで、返す言葉もなかった。アビーは傷ついた目を大きく見ひらいてケイドを見つめ、それからナプキンをテーブルに置いて涙を浮かべながら立ち上がった。サンドレスはかれのために、かれを喜ばせるために着たのだった。

「どこへ行くの?」スクランブルドエッグの大皿を持って入ってきたカラがきいた。

「服を着替えに行くのよ」アビーは低い声で答えたが、ふりかえろうとはしなかった。

「なにをしたのさ」カラはケイドにきいた。

アビーは答えを待たずにキッチンを出、階段を駆け上がって部屋にとびこんだ。ドアをばたんと閉めると、涙が堰《せき》を切ったように流れ出した。

何時間も泣きつづけたような気がした。アビーは身をひきずるようにして立ち上がり、ブルージーンズをはいて同じブルーの、半袖のブラウスを着た。その上にふち飾りのある革のベストを着こみ、髪はアップにして束髪にまとめた。アビーは階下《した》へ下りるまえに化粧をすっかり落とした。

　青ざめた顔でダイニングルームに戻ったアビーを、ケイドは見ようとさえしなかった。

「ピクニックをよすんだったら、わたしはかわりにメリーのウエディングドレスを縫うけど」アビーはコーヒーをすすりながらいった。

「なにもかもやめにしたいんだ。聞きたければいってやるけど」

「わたしはかまわないわ。どうせ仕事がどっさりあるから」

　アビーはコーヒーを飲み終えると失望を気《け》どられないようあらぬほうに目をすえ、やおら腰を上げた。

「アビー。話をしよう」

「話さなきゃならないことはないと思うけど」そういってからアビーは顔をめぐらし、大胆に視線を送って屈託のない笑い声を響かせた。「わたしはメリーが新婚旅行から戻りしだい帰るつもりだけど、そのほうがよければ、たったいま帰ったっていいわ。ブティックの経営者からの話もあるし」

　ケイドの目がきらりと光った。

「また別の道を歩もうというわけか?」と、口もとにあざ笑うような笑みを浮かべて聞いた。「よかったじゃないか。ぼくは三カ月ほどたったらまた留守にするけど、メリーがいるので生憎《あいにく》仕事の空きはないんだ」

「心配はいらないわよ。牛の記録なんて、あまりおもしろいとも思えないもの」アビーは冷ややかにいった。

ケイドは立ち上がって煙草に火をつけた。

「カラがせっかく昼食の用意をしてくれたのでね、今日はいっしょに過ごしてもいいな。あしたからまた当分外へ出ずっぱりだから、今日が最後の機会になるんじゃないかな」

「それじゃ、カラとピクニックへ行ったら? あなたは彼女が好きなんでしょ?」

アビーを見下ろすケイドの鼻孔がふくらんだ。

「ぼくはきみが大好きだったぞ」

「わたしがそばにいないかぎり、でしょう?」アビーは部屋のなかを歩きまわった。「わたしはニューヨークにいればよかった。諸手《もろ》を上げて歓迎してくれる人はいないとわかっていたんだから……」

「かつてはそうだったかもしれない」ケイドは謎めいたいい方をした。「ファッションの世界が家庭や家族よりも大事だと思っていた時分には、という意味だ」

アビーはケイドの顔を見上げ、真意を汲み取ろうとでもするように目を細めた。

「かといって、ここから一歩も出なければ無為に時を過ごして結婚もせず、まわりの風景をいっそうわびしくさせるだけだったわよ。それともあなたは、わたしに心底惚れていたとでもいうつもり?」アビーはからかうようにいってのけた。

「しょっぱなから信じようとしないことをいってもむだだからね。行くなら行こう。ここに突っ立って議論してもはじまらない」

「ぜひ行ってください。あなたがいなければ牧場はつぶれてしまうわ！」アビーはいうが早いか踵《きびす》を返し、キッチンに入っていった。

カラはアビーを見やって顔をしかめた。しかめっ面《つら》は視線を移したとき、いっそう険悪になった。

「お昼はバスケットに入っているよ」

「ありがたいね、感謝感激だよ」ケイドはいい返して、ピクニックバスケットを指さした。

「忙しくてしようがなかったら助手を雇うか、辞めるかするんだな。いずれにしてもこっちに迷惑のかからないようにやってくれ」

いい捨てるとケイドは帽子をまぶかにかぶり、荒々しい足音をたてて裏口から出た。

「気をつけなさいよ」年老いた家政婦は声をひそめた。「今日はなんだか虫の居どころが悪そうだから」

「任せといて。いつまでもあんなふうだったら、わたしにも覚悟があるわ」アビーはつぶやきながら、ケイドのあとを追って外へ出た。

ケイドは牧草地にトラックを乗り入れたけれど、わずかに轍《わだち》が見えるだけで道らしい道はない。ケイドはむっつり黙りこくって目を轍にすえている。なにかいえば怒鳴られそうで、アビーは首を縮めるようにして座席にしがみついていた。

やがてフェンスの壊れた箇所にたどり着いた。ケイドはシャツを脱いで有刺鉄線の修理にかかる。そこはさらさらと水音の聞こえる小川のほとりだった。

アビーは川べりのポプラの木の下に昼食を広げ、ケイドを呼びに戻った。

かれはトラックの運転台にもたれ、起伏する牧草地のかなたにそびえ立つ山脈《やまなみ》に目をやりながら煙草を吸っていた。ケイドの姿は丈の高い草さながらに大地の一部のようにも見えた。シャツを脱いでいるので胸はさらけ出され、密生した胸毛と日焼けした肩が汗に光っていた。あまりにも挑発的な男の魅力に圧倒され、アビーは思わず目をつぶった。

「お仕事はすんだ？　お昼の用意ができてるわよ」アビーはもの静かな声でいった。

「フェンスの修理がいま終わったところだ」ケイドはちらっとふり向いていった。かれの目はまた山脈に注がれる。「この土地はまったくいい。何時間見ても飽きることがない」

「毛皮商や、ウイリアム・クラークみたいな探検家がやってきたころから変わっていないかもね」

風が強かった。アビーはほぐれそうになる髪をピンで留めながら、ケイドのかたわらに立った。

「いや、変わっているさ」ケイドはまえを見つめたままである。「環境保護と進歩のバランスをとることはひどくむずかしいんだよ、アビー」

「鉱山業と牧畜業、農業と工業のバランスみたいなもの?」きいたのはほかでもない、ケイドに話のきっかけをあたえるためだった。

「そのとおり」

ケイドは山脈から緑なす尾根へ目を移した。尾根の三、四キロ向こうには鉱山がある。かれの借りていた土地で、採掘に反対してはみたものの、けっきょく国の燃料自給対策には勝てなかったといういきさつがあった。

「ぼくは牧場をそっくりそのままの形で息子に相続させたいと思ったんだ」ケイドはひどく熱のこもった声でそういい、アビーの目を探るようにじっと見つめた。「きみは子どもがほしくないか、アビー?」

まさに不意打ちだった。子どもについてはあまり考えたことがなかった。その言葉でアビーは改めてケイドの顔を見、かれがひざに子どもをのせてあやす図を思い描いた。するとからだのなかでなにかが激しく揺さぶられた。

「ほしいわ」

ケイドの視線がアビーの華奢《きゃしゃ》なからだに向けられた。

「からだの線が崩れるけど、怖くないかい?」かれは無造作にたずねて視線をそらし、指のあいだに挟んだ煙草を吸いきって、ポイと捨てた。

ケイドの子どもを産みたい気持ちがむき出しになりはしないかと恐れるあまり、とっさには口がきけなかった。

「ペインテッドリッジを息子たちに相続させるのはいいけれど、肝心の息子はどうするの？　養子を迎えるつもり？」

ケイドの黒い眉がぐいと上がった。

「人並みにもうけるよ。赤ん坊の産み方ぐらいはわかってるだろう？」

ケイドの顔にからかうような笑みがあった。

アビーは頬を染めて顔をそらした。

「あなたはいつも、ぼくの辞書に結婚という言葉はない、といっていたでしょ。だからどうするのかしらと思ったのよ」

「けっきょく考え方を変えざるをえないだろうな」ケイドはそういってトラックに手袋を投げこみ、歩きはじめたアビーのあとから木立ちを縫って川べりへ足をはこびだした。

草の上には、赤いチェックのテーブルクロスが敷かれてあり、ホイルでくるんだ皿やコーヒーポットが置かれてあった。アビーがクロスの片隅にひざまずくと、ケイドはいった。

「カラがあんな調子だったから毒見する必要があるな。砒《ひ》素でも入れてやしないか」

「そんな暇はなかったわよ」

ケイドはバスケットからタオルを取り出し、顔から胸、そして腕へと汗を拭《ふ》いた。毛むくじゃらの筋肉をぬぐうタオルに見とれながら、アビーの心にはむしゃぶりつきたいような衝動が起こった。怖さと惹《ひ》かれる気持ちを同時に感じたが、これはアビーにとって初めての体験だった。アビーはケイドから視線をそらし、フライドチキンや、ポテトサラダを盛りつけはじめた。

アビーはスティロホームのカップにブラックコーヒーを満たして、ケイドに差し出した。

「きみは一日も早くここを去ったほうがいいと思うな。後悔先にたたずというから」

「わ、わ、わたくしはあなたの自制心を心から信頼しておりますの、マクラレンさま」

アビーは冗談めかしてフライドチキンをお上品につまんで見せた。

ケイドは遠慮も会釈もあったものではない、健啖《けんたん》にぱくついていた。しかしその言葉でウッと奇妙な声をあげ、喉につまったか、目を白黒させ、コーヒーで飲みくだして胸をたたいた。「笑わせないでくれよ」ケイドはいい、それからひとしきり笑い声を響かせた。

食べ終わると、ケイドは寝そべった。アビーはあと片づけをして紙皿や食べ残しをバスケットに入れた。

「そろそろ駆り集めで忙しくなるわね」しばらく沈黙がつづいたあとで、アビーはいった。

緑なす尾根のかなたは淡い青の山脈である。見渡すかぎり木立ちはここだけ、ほかにはパインの小さな木立ちが近くにひとつあるきりだった。空気は澄んで緑一色、頭上には綿雲が浮かんで、まさに地上の楽園というにふさわしい風景だった。

「春だし、子牛は自分で焼き印をつけるわけじゃないからね」

「肩のぐあいはどう？」

「死ぬことはないだろう」

ケイドはまた新しい煙草に火をつけている。アビーは脚を引き寄せてひざにあごをのせ、のどかに流れる川を見つめながらため息をついた。

「わたしが高校を出た年の夏、釣りをしにここへ来たことがあったわね。覚えてる？　あなたとわたしとメリーと、それにカウボーイがふたり。あなたは見たこともないほど大きいクラッピーを釣ったわ。そうそう、メリーの釣針がカウボーイのジーンズにひっかかって、なかなかとれなかったわね……」

アビーは笑った。それはまるできのうの出来事のように、まざまざとよみがえった。

川面に見とれてしばし追憶に耽《ふけ》った。あれは今日に似た日和でさんさんと降る陽光に緑が映えて目にしみ、空気は笑いとさざめきに満たされていた。ハンクがいっしょだった。もうひとりのカウボーイは名前が思い出せない――わかっているのはメリーが熱を上げていたということ。追憶のなかでは、アビーはとかく、ケイドに寄り添っていた。たとえば釣糸を垂れるかれのかたわらにしゃがんでいたりするのだった。

「寒いかい？」あの日、ケイドがきいた。

「少しぞくぞくするわ」そう答えたけれど、それは嘘だった。

「ジェスから聞いたけど、きみはニューヨークへ行くつもりだそうだね」

「先生がいったのよ、きみだったらスタイルもプロポーションもいいから成功するかもしれないって」アビーは目を輝かせながらいった。

頭のなかには、成功してケイドとふたりで暮らす夢が描かれていた。

「ニューヨークは遠いな」ケイドは竿の先に目をやって、顔をしかめながらいった。「それに、うまくいくとはかぎらないし」

この言葉はアビーのプライドを傷つけた。

「わたしでは、見込みないというの？」やんわりいったつもりだけれど、つい刺々《とげとげ》しい響きになった。

「きみは子どもだよ、アビー」とケイドは笑っていった。

「先月で十八になったわ。十八といえば一人前の女です」

ケイドは顔をめぐらし、彼女が身につけているタンクトップとショーツをしげしげと見つめ、プロポーションのいいからだに目を曇らせた。

「そりゃ一人前だろう」ケイドはいうなり目を上げた。

ふたりの視線が至近距離でからみ合った。あの目つきがかきたてた怪しげな感情は、いまでも記憶に生々しい。アビーはまわりのものを一切忘れ、ケイドににじり寄った。

するとメリーがなにかいって、魅せられたようなあの瞬間をだいなしにした。それからあとの午後いっぱい、みんなで魚を釣って過ごした。思いなしかケイドの態度もいくらかくつろいでいるようだった。

アビーはうっとり川面を見やった。

「昔は魚釣りが好きだったわ、いまでは仕事が忙しくて、のんびり魚なんか釣っていられないけど。正確には、ここへ来るまでは忙しかった、ということになるけど。ここへ来ると、まるで時間が停止してるみたいだわ。人っ子ひとり見あたらないし、車で何キロ走っても建物ひとつ、店一軒ないものね。最初の開拓者がここにやってきて根を下ろした当時とあまり変わっていないんじゃないかしら。冬には死んだ人もいたにちがいないわ」

ケイドはうなずいた。

「モンタナ州の冬はきびしいからな。ぼくだって、毎年冬には牛を死なせている。一度なんか人まで死んだ。作業小屋のなかだったがね、座ったまま凍死していたよ」

アビーはからだをふるわせた。

「覚えているわ。あれはわたしが小学校を出てまもなくだったわ。わたしとメリーは馬で出かけても、あの小屋へは寄りつかなかったもの、幽霊が出そうで」

ケイドは首を横に振った。

「同じことをいってる老人がふたりいるよ。ひとりはハンクだがね」

「ハンクは怖いものなしだと思っていたけど、意外だわ」

「ニューヨークで、こんなことを懐かしいと思ったりするかい？」ケイドは興味深そうにきいた。

アビーはケイドの顔を確かめでもするように見た。この顔をどんなに懐かしく思ったことだろう。それから目をそらし、やおら口を開いていった。

「それはそうよ。ここには思い出がいっぱいあるんだもの」ここでアビーは自分の役柄を思い出してつけ加えた。「でも、ニューヨークにもいいところはたくさんあるわ。いつだって新しい芝居が見られるし、バレエやオペラに行けるしね。それにナイトクラブや、小ぢんまりした喫茶店や、美術館なんかもあるでしょ……」

「そういうものはこの辺にはないからな」ケイドの語調には刺が含まれていた。「高尚な話をしようにも牛の糞がごろごろ転がっていたんじゃ、さまにならんというわけだ」

言葉とはうらはらの寂しそうな表情が、一瞬ケイドの顔をよぎった。しかし、アビーはそれに気がつかなかった。ケイドは煙草の吸いさしを丹念にもみ消した。

アビーがふりかえってケイドを見下ろした。かれは仰向けに寝ころび、両手を頭の下に組んでいた。脚は立てて組んでいたが、デニムのズボンがぴんと張って、その下から浮き出た筋肉の線がひどく官能的に見えた。アビーの視線は頭から胸、そして顔へと移りながら、かれの特徴をなにひとつ見のがすまいと貪欲に見つめていた。と、にわかにいたずら気が起こって、彼女は長い草の葉をむしり、その先でケイドの胸をくすぐりはじめた。

「またちょっかいを出したな」ケイドはアビーの手をつかんだ。

ケイドの無表情な顔を見ているうちに、衝動に駆られてやったことだった。遠ざけられてばかりいるケイドには、そうでもしなければ近づきようがないという気がした。こうしてふたりで過ごすのもいまかぎり。そう思うと、たとえ怒りでもいい、ケイドの思い出のよすがとなるものがほしいという気がした。

「わたし、これが生き甲斐なの」アビーはいいながらにじり寄り、かれが止めるまもなく、唇を胸に押しつけた。

「あっ、やったな！」と叫んで、ケイドは手をアビーの頭へやった。けれどもその手は宙に止まり、頭を押し戻すべきか引きつけるべきかためらっているように見えた。

密生した巻毛が鼻をくすぐり、石鹸と化粧水のにおいがほのかにただよった。ケイドの胸は不規則に上下している。アビーは本能の赴くままに唇を這わせて、ケイドの力強い筋肉の収縮を感じた。

「ばかだな、やめてくれよ」ケイドはかすれた声でいった。「ぼくだって生身《なまみ》の人間だ、きみがほしくてたまらなくなるじゃないか」

アビーはかつてない飢えに襲われてからだを密着させ、ケイドの興奮に驚いた。一瞬身を退《ひ》こうとしたがかれの腕が腰のくびれにからみつき、ぐいと引き寄せられた。

「きみもほしがっている。ぼくに抵抗するのはよしてくれ」

アビーの指に胸毛がからんでいた。けれども、ケイドがどこまで興奮しているかを判断するだけの理性はあった。

「ケイド、わたしはただ――」といいかけたけれども、かれの唇がたちまち言葉を封じてしまった。

「これは、ぼくがずっといいたかったことだ」ケイドは声をふるわせてささやいた。唇がアビーの喉をなぞっている。「きみがほしい。死ぬほどほしい。きみにもわかるだろう？　愛し合っている者同士がそう思うのはあたりまえなんだよ。がまんの限界を越えれば、男は誰でもこうなるものだ」

いいながらケイドは手をブラウスの下に忍びこませた。手は背中に回って、スナップをいとも簡単にはずした。

「女に触れなくなってすでに久しい。ぼくは柔肌の感触を忘れてしまった……」つぶやきながらケイドは乳房を手のひらでおおい、親指がかたい乳首に触れると、アビーのからだは歓びにふるえた。

ケイドの脚がアビーの脚のあいだに分けいり、からだがゆっくりのしかかってきた。アビーはうずきを覚えながら、低いうめき声を発した。

アビーの爪がケイドの背中沿いにすべる。ケイドの唇はむさぼるように触れ、求めてくる。手がブラウスのボタンをまさぐっている、と思うまもなく胸がはだけられ、ケイドのそれとぴったり合わせられた。

頭をもたげたケイドの目が輝いていた。アビーの口からまた小さいうめき声がもれた。

「きみが知りたかったのはこれかい？」ケイドの声もこころもちふるえていた。「つまり、ぼくを欲望で狂おしいまでに悶《もだ》えさせることができるかどうか、知りたかったのかときいているんだ。そりゃ、ほしくてたまらないよ。きみが十八のときもそうだった。きみのためなら、人殺しも辞さなかったかもしれない。しかし、ぼくのそばにいてくれと頼む決心をした矢先に、きみはバスに乗ってふり向こうともせず、去っていった」

アビーは衝撃を受けて目を丸くした。

「えっ？　いまなんていったの？」

「休暇で帰るたびに、聞かされたのはニューヨークのすばらしさと、きみがモデルとして成功しつつあるという話ばかりだ。故郷を離れてしあわせにやっているといわれるのがつらくて、ぼくはけっきょくきみが帰省するたびに家を空けるようになった」

「でも、わたしはしあわせじゃなかったわ……」

「きみが十五のときから苦しんできた。ニューヨークでの仕事と、都会の男に目がくらんだきみを、ぼくはどんなに憎んでいたか知れない。いまさらそうじゃなかったといってもはじまらない。ぼくはぜったいに信じないから」

ケイドに愛されていたとは知らなかった。メリーからそう聞かされたときも、アビーは信ずることを拒んだ。

「きみはなにを望んでいるんだ？　ぼくがどんな愛し方をするか知りたいのかい？　四年まえに体験できなかったことを、いま味わってみたいというのかな？　ぼくは味わわせてやってもかまわないよ。きみの世界に戻ったら、いかした都会の友だちに微《び》に入《い》り細《さい》に亘《わた》って語って聞かせるがいいさ」

ケイドはまたキスをしたが、それは荒々しくて痛かった。傷つこうがどうしようがもうかまわない、といいたげなキスのしかただった。

たったいま、耳にした言葉が信じられない気持ちだった。ケイドはわたしを愛していた。ペインテッドリッジを去らないでくれと、ひざを屈して頼むつもりだったというのに、わたしが虚勢を張って笑いを振りまきながらバスに乗り込んだために、わたしが喜び勇んで自分のもとを去ったと思い込んでしまったとは。ああ、なんという皮肉だろう……。

アビーはケイドに抱かれながらぐったりした。ケイドに一夜の女を買ったような扱いを受けているあいだ、涙が流れてどうしようもなかった。わたしも命がけで愛していたといってみたところで、ケイドは信じてくれないだろう。ああ、かれが住んでいればこそペインテッドリッジはわたしの故郷なのだ。それをわかってもらえないとは、なんという悲しさだろうか。

からだじゅうの火が消えでもしたように、骨身に染みる寒さを覚えた。自分のからだになされる仕打ちを屈辱のなかでぼんやり意識しながら、ケイドはわたしのからだを完全に所有するつもりなのかしら、とひとごとのように考えた。

しかし、ケイドはそれからまもなく涙にはじめて気づいたとでもいうように顔をもたげ、アビーを見下ろした。憑《つ》かれたような目が、満たされぬ情熱でぎらぎら輝いていた。

「ここまででよそう。ぼくの子を宿してニューヨークへ戻るわけにはいかんだろう。それではゲームも度が過ぎるというものだ」

アビーは屈辱で顔がひきつるのを感じた。ケイドのからだの下で自分のそれがふるえていた。しかし、それが恐怖ではなくて、抑えようもない欲望のせいだとはかれは知るよしもなかった。乱暴な仕打ちをされようと、かれがほしいことに変わりはない。もしかして妊《みごも》りはしないかという懸念も、もはや恐怖の対象ではなかった。それはまさしく天国への道を開く扉のように思われた。

ケイドは深々と息を吸いこみ、からだを一転させて離れると、仰向けになって目を閉じた。あえいで胸を大きく波打たせるかれを見下ろしながら、アビーは指でまさぐってスナップとボタンを掛けた。

ふらふらと立ち上がって乱れたブロンドの髪を指で梳《と》き、執拗《しつよう》なケイドの手がどこかへやったヘアピンを探した。川のほとりの太い木にもたれて呼吸を整え、涙の乾くのを待つ。

やがて彼女はブラウスの裾で涙のあとを拭いた。

堤のあいだをのどかに流れる水音にまじって、背後から人の近寄る気配がした。ケイドがすぐうしろで足を止めた。それはわかっていたが、ふりかえったりはしない。

「だいじょうぶかい？」ややあってケイドがきいたけれど、その声はかれのからだからふりしぼられたように聞こえた。

アビーは肩越しにケイドを見た。痛ましい彼女の顔が、ケイドの目に荒々しい感情を引き起こした。

「そんな心配そうな顔をしないでよ、ケイド。これであなたのまえに自分を投げ出すことはやめにしたのよ。お陰で今度こそわたしはなおったわ」そういってアビーは低い声で笑ってみせた。けれど、はれた唇がふるえて笑いにならなかった。

「メリーが新婚旅行から帰るまで、きみのじゃまをしないことにするよ。きみにも同じエチケットを心がけてもらいたい。いま起こったこと……正確には起こりかけたことだけれどね、これは二度と起こしてはならない」

アビーは唇を噛んで泣きたくなるのをこらえた。

「ケイド、さっきあなたがいったことだけれど、わたしが十八のとき、あなたはほんとにここにとどまれというつもりだったの？」アビーの声は消えいるように細かった。

ケイドは笑った。「そうだよ。メリーがいまやってる仕事をきみに頼むつもりだった」

そう答えて顔をそむけたのは、目のなかにある嘘を読まれたくなかったからか、それとも深い苦しみを隠したかったためであろうか。

アビーは背筋を伸ばした。失望と屈辱感がわきあがってからだじゅうを駆けめぐるような気がした。結婚したかったという答えを期待していたのだった。

「そろそろ帰りましょうか」アビーは沈んだ語調でいった。

「そうだな。牛のめんどうをみなくちゃならんし」

「わたしはウエディングドレスを仕上げなきゃならないわ」その言葉が、アビーに叫びたいようないらだちを覚えさせた。

わたしは一生結婚式とは縁がないだろう。アビーはケイドを見ようともせず、静かな足取りで歩いてトラックに乗った。

ケイドは乱暴な手つきでバスケットと敷物を荷台に放り上げ、無造作にシャツを着て帽子をくしゃっとかぶると、運転台に乗りこんだ。

ケイドの視線が注がれるのを意識したけれど、まっすぐまえを見すえつづけた。

「アビー」しばらくして呼びかけたケイドの声はもの静かだった。「これでいいんだ。一時はぼくが憎いだろうが、そのうち忘れるさ」

「憎くはないわ。おたがいにかかわり合いになることは避けたんだから恨みっこなし、悔いることもないわよ」

「これ以上苦しむことはない。今日という日はなかったことにすればいいんだ」

「わたしもそのほうがいいわ」

エンジンがかかり、トラックは発進して道とは名ばかりの道を走りだした。わたしは泣かない。恥をしのんでかれの足もとに身を投げ出すのは、これっきりにしたい。逃げたいというのなら、わたしのほうから消えてやる。こんなかれをこれ以上愛することには、いくらなんでも耐えられない。かれに関するかぎり、わたしは都会のプレイガールにすぎない。なにをいおうがどうしようが、そうではないと説得することは不可能だとわかった。ああ、なんと恐ろしいことだろう。

ケイドのからだの内側にまぎれもない情熱が募る過程はすばらしかった。けれども、かれの言葉でそれがただの欲望にすぎないとわかって、からだのなかでなにかが萎え、死んでいった。ゆうべかれのいった言葉を、なぜ思い出さなかったのだろう。かれは、セックスは人間を結びつける絆としては愚劣なものだといったのだった。わたしはこの言葉を肝に銘じてけっして忘れないわ。ああ、あと三週間。三週間が一瞬のうちに過ぎるうまい手はないものか。そのあいだ、ケイドとは一切の接触を避ける。かれが近づかないように気をつけなくては、とアビーは思った。

10

メリーの結婚式の日は仕出し屋は来るし、客は大勢やってくるし、アビーは自分のデザインしたドレスをメリーに着せなければならないしで、てんてこ舞いの忙しさだった。

「天国にいるみたい」メリーは鏡のまえに立ってため息をついた。

ドレスにはキーホール・ネックラインをつけ、ベネチアンレースをふんだんにあしらった。ベールはジュリエットキャップからエレガントな曲線をなして肩口に垂れる。袖口はレースだけを使い、スカートにはサテンとシフォンとレースでファンタジックな効果を出し、ウエストラインには、対照的なオイスターホワイトでこみ入ったデザインの小さなバラを並べた。メリーはブロンドだし色も白いので、これが魔法とも見えるような効果を生んだ。

「よくまにあったものだと、われながら感心するわ」アビーは裾に最後のタックをつけながらつぶやいた。

「お姉さんのデザインとはとても信じられないわ。ジェシカはきっと気を失うわよ」

「そうかしら」アビーは答えたあとでため息をついた。

いまとなっては魅力ある申し出も断らざるをえまい。あれはモンタナに住んでこそ引き受けられる仕事なのだけれど、それが不可能となった以上、仕方がない。ケイドはなにか口実を見つけては夜の明け初《そ》めるとともに起き、就寝時間まで帰ってこない。ときには使用人といっしょに作業小屋に泊まったりもしたが、これでカラはむくれてしまい、食事をジェブやカウボーイに運ばせるようになった。

「メリー、しあわせになってね」アビーはもの思いからさめて、だしぬけにいった。

メリーがふり向くと、彼女の目は興奮できらきら輝き、手は期待にふるえていた。

「ジェリーといっしょになるんだもの、しあわせになるに決まってるわ」いったあとで、メリーはちょっと目を曇らせた。「ねえ、ケイドとのあいだにまずいことでもあったの?」

「まずいのはいまにはじまったことじゃないわ。おめでたい結婚式の日に、わたしのことなんか心配しなくてもいいわ」

「コンピューターやなんか、うまく扱える?」

「なんとかやってみるわよ」アビーは答えて、衝動的にメリーを抱擁した。「末永くしあわせになってね。パパやママに、あなたの美しい花嫁姿を見せてあげたいわ」

「天国から見ているわよ」メリーはしんみりした口調でいった。

「花を見た?　お客さんを大勢招《よ》んで、ここで式を挙げさせてくれるなんて、わたし、ケイドに感謝してるわ」

「……ついでに、売り出す牛を見せることもできるしね」アビーはそういって皮肉な笑いを浮かべた。

「ひどいいい方」メリーの口調はおだやかだった。「わたしたち、ずいぶんお世話になったじゃない」

アビーは頬を赤らめて顔をそむけた。

「わたしたち、かれについては見方がちがうみたいね。それはそうと、かれは結婚式に出るつもりかしら」

「花婿付添人だもの、出ないわけにはいかないでしょ」そういってメリーは笑った。「通路を歩くとき、つまずかないかしら」

「だいじょうぶよ。じゃあ、また階下《した》で」

廊下に歩み出て、長いVネックのガウンにしわやしみがないか点検した。ガウンは袖なしで色はラベンダー、髪は頭の上に優雅に丸めてピンで留めた。シンビジウムの花束を抱え、緊張でふるえていた。これが初めての結婚式、わたしは花嫁の付添人だけど、できることならただの参列者でいたい。同じ付添人として、祭壇でケイドと肩を並べるのはいかにもつらかった。

アビーは階段を下りきったところではっと息をのみ、思わず足を止めた。玄関に赤毛の背の高い女性が立っていたからである。アビーは牧場の女たちには目もくれず、つかつかと歩み寄った。この女性が誰であるかは直感的にわかった。ケイドは式場になっているリビングリームから視線を送り、土地の女を無視してエレガントな服を着た女に近づくアビーに、顔をしかめた。

「ジェシカ・デインさんですね」アビーは念を押すようないい方をした。

赤い髪をした大柄の女はにこやかに笑って、「あら、よくわかりましたわね。笑顔のせいかしら」といってまた朗らかな笑い声を響かせた。

高さ六センチのハイヒールをはいたアビーが、見上げるほど背が高かった。靴を脱いでも優に百八十センチはあるだろう。髪が赤く肌が白くて目は黒いから、たとえミンクのストールにグリーンのシルクドレス、それにぴったりの靴をはいてバッグを持っていなくたって、この女《ひと》はどこにいても目立つにちがいないとアビーは思った。

「それではあなたがアビーさん？」ジェシカはそういって手を差しのべ、かたい握手を交わした。

「ちょっとわたしの車のところへ来てくださいな、持ってきたものを見せますから。時間はありますの？」

「二、三分なら」

アビーは笑って、ジェシカと連れだって外へ出た。うしろはふり向かないから、ケイドの渋面には気がつかなかった。

「ほんの一部ですけれど」リンカーン・コンチネンタルの座席に座り、アビーがカタログをめくりはじめると、ジェシカがいった。

「ずいぶんすてきですね」見終わったアビーがいった。

「専属のデザイナーがいれば、もっといいものが作れると思いますわ。売り上げの何パーセント、という契約にしたいの。そしたらふたりとも儲かってお金持ちになれるでしょ。メリーの礼装から判断すると、あなたには特異な才能があると思うわ。少なくとも二、三点スケッチをして、送ってほしいんです」とジェシカはすかさずいった。

ニューヨークへは一日も早く帰りたかった。けれどもアビーはやってみたかった。事実ふたりはその場で細かい打ち合わせをはじめ、式のはじまりを告げるオルガンの音を、もう少しで聞き逃すところだった。玄関口からケイドに大声で呼ばれ、アビーはあわてて車を降りて階段を上った。

「なにをぼやぼやしているんだ、みんな待ってるぞ」通りすぎるアビーに、ケイドは声をひそめていった。

「そうね、終わるのが早ければ早いほど、新婚旅行から帰るのも早くなるし、わたしもそれだけ早くニューヨークへ帰れるわ」

「こっちはもっと早く帰ってもらいたいよ」

アビーは当惑顔のジェシカにはまったく気づかず、リビングルームの入口に足を向けた。ドアを開けると、前奏が終わったところだった。

ケイドは祭壇のジェリーの横に並んだ。背広姿のケイドは髪が黒く優雅で、ブロンドのジェリーとは際立った対照をしている。ジェリーはかれのかたわらでいささか居心地が悪そうだった。まもなく結婚行進曲が奏でられ、アビーがシンビジウムの花束を手に階段へ視線を送ると、メリーはそこで待っていた。折りたたみイスのあいだを歩いていくにつれて、ケイドが通路の突き当たりで一挙手一投足を見守っていることに気づいたけれど、そのときのかれの目の表情が、まったく理解できなかった。

アビーはふと、これは自分の結婚式であって、この先一生をケイドに捧《ささ》げるのだ、とあらぬことを想像してみた。それはなんともいいようのない甘美な幻想で、アビーは通路の突き当たりまでケイドに視線を注ぎつづけた。ケイドはアビーを見返していたが、彼女が花で飾られたアーチのかたわらの所定の場所に立った瞬間、かれの顔は表情がやわらぎ、黒い目が思いなしか輝いた。目と目がしばらく見つめ合い、やがてケイドの視線はゆっくり下りていった。

オルガンの音で魅せられた時が破られ、豪華な花嫁衣装をまとったメリーは、ランと野生の花でこしらえた花束を手に通路を静々と歩みはじめた。

メリーは祭壇に上り、おずおずとジェリーの横に立った。分厚いメガネをかけた、いかにも優しい面持ちの牧師が式を司った。ジェリーとメリーはふたりで考えた誓いの言葉を読み上げ、二本のろうそくの火を一本のろうそくに移した。これはふたりが契りを交わしてひとつになることを象徴する儀式だった。それから締めくくりの言葉を読み上げ、ジェリーが花嫁にキスという段取りになったけれども、そのキスが長すぎて、参列者のあいだからクスクス笑いがもれた。それが終わると、ふたりは手をとり合って通路を歩いた。

披露宴では、アビーはケイドを避けて離れたところにジェシカとふたりで座り、モデル業や衣装のことや、ジェシカのブティックの未来について語り合った。

メリーはたちまち着替え、ジェリーと手をたずさえて戸口から出てきた。アビーがふたりにくちづけをして、途中気をつけてねといった。メリーは車の横で足を止め、花束を放った。グレーの服を着ておちつきはらったカラが花束を受け止め、柄にもなく背広姿のジェブにニヤッと笑われて、顔をまっ赤に染めた。

アビーは、自分が受け取らなくてよかったと思った。それを受けてケイドの視線を浴び、とうてい隠しきれない憧れを見てとられたのでは目も当てられない。ナイフでとどめを刺されたも同然だと思った。

客が三々五々と連れだって帰るまでに、何時間もかかった。アビーは近いうちにスケッチを二、三点郵送すると約束して、ジェシカを見送った。ジェシカには好意を抱いた。仕事を引き受ける方法があるかもしれない。ワイオミング州に引っ越せば、ケイドと顔を合わせることもないだろうと思った。

アビーは黄金色の柄のコットン・ドレスに着替え、ひとりで夕食をとるつもりでテーブルに着いた。黄金色の柄がブロンドとよく似合った。そこへケイドがつかつかと入ってきて、アビーを驚かせた。かれは白いワイシャツにブルーのブレザーを羽織り、黒いスラックスをはいていた。信じられないほどハンサムで、粋なニューヨークの男性に比べても、いささかも見劣りがしない。

「お嫁さん、きれいだったわね」

カラがちらっと視線を送りながら料理をよそいはじめた。

ケイドは「まあね」と受け、「ジェブがただならぬ目つきで見ていたぞ。ぼくのために焼いたチェリーケーキを、またかれにくれちまったんじゃないのかい？」

カラは顔を赤らめながらしかめて見せた。

「黙っていないと焦がしてやるからね。あんたが連絡もなしにカウボーイを雇うから、食事がたりなくなったんだよ。ジェブが自分のをあげちまったから、仕方なしに食べさせたんじゃないの。駆り集めの最中で猫の手も借りたいというのに、なにをぼやぼやしてるんだい？　ふだんはそのへんにいもしないくせに」

「ぼくはここの住人だからな」

「おや、そうだったかねえ」

アビーはコーヒーをいれ、自分の皿に目を落としていた。売り言葉に買い言葉とはいえ、さっきケイドにいわれたことがこたえた。

「ぼくらは口をききにくくなっているんで、カラに塩を取ってもらうかな」

アビーは塩の瓶をすばやくケイドのほうへ押しやった。

「赤い髪をした女傑は誰かね、名残り惜しげに話してたようだけど」

いい方が気にいらなかった。誰だろうとあなたの知ったことじゃないわ、と胸のうちでつぶやきながら、「仲間のモデルよ」と嘘をついた。

ケイドの表情がこわばった。

「ミンクのストールと、乗ってきたリンカーンから判断すれば、成功したモデルだな。それとも誰かの囲われ者かい？」

アビーは皿のかたわらにナプキンをたたきつけて立ち上がった。

「ひとりで食べてよ。あなたのひとりよがりにはもう耐えられないわ」

「田舎の人間にも耐えられないんじゃないのかい？　エッシー・ジョンソンのそばを通っても知らん顔してたからな。彼女とは幼なじみじゃないか。素朴なカウボーイの女房だから相手はしかねる、といわんばかりじゃないか」

ひどいことをいうと思った。悪かったと思ったので、披露宴の席上あやまったのを知りもしないで。

「どうとでも勝手に考えてちょうだい……なにをいってもどうせむだなんだから」アビーはいい捨てて部屋を出た。

その後の一週間というもの、ケイドの姿はめったに見かけなかった。アビーは手紙の返事を書いたり、コンピューターに記録をインプットしたり、資材の注文や電話の受け答えをしたりで孤独を紛らした。ケイドにとどまるよう説得されはしないかという淡い期待は、かれの無関心な態度のまえに崩れ去った。ケイドは、アビーが口をきこうがきくまいが気にかけもしない。そんなふうに見えた。いんぎんな態度のなかには、もはや昔のかれらしい親しみはなかった。

メリーとジェリーが戻るまえの晩、アビーはプールのほとりにぶらりと足をはこんで追憶に耽った。

プールには水が張られていない。がらんとしてむき出しのコンクリートに目をやりながら、ここで泳いでいて半裸の姿をケイドに見られたのは、遥か昔のことのように思えた。あのころは希望もあった。ケイドとふたり、ベッド以上のものを分かち合うという夢を抱いていた。しかし、かれはわたしをそっと押しのけたまま、ほんのしばらく肉体的に引き寄せただけで、二度と近づけようとはしない。

「思い出してるのかい、アビー？」

驚いてふり向くと、ケイドが立っていた。スラックスに暗紅色のニットシャツを着て、髪はシャワーでも浴びたのか濡《ぬ》れていた。アビーは心臓が早鐘のように打つのを覚えながら顔をもとに戻して答えた。

「散歩してるのよ」

「あしただね、連中が帰ってくるのは」ケイドはことさらさりげなさを装っていった。しかしかれの目はさりげないどころではない。「すると、きみもそろそろ出発か」

その言葉に傷ついた。まるでいなくなるのを待っているような口ぶりだわ。そう思ったとたん、アビーは目頭が熱くなるのを感じた。

「最初にいったけれど、わたしにはいろいろすることがあるのよ」

ケイドはうなずき、手にした吸いさしの煙草を見つめると、ポイと放って踏みつぶした。

「煙草を吸いすぎるわ」

ケイドは短く笑って、「わかってるよ。ぼくもそう思うんだけれど、長い習慣でなかなかやめられないんだ」といった。

わたしをのけものにするのもやめられないんでしょう。しかしこれは胸のうちにつぶやいただけで、口にはしなかった。ケイドは降るような星空を仰いだ。アビーはブルーのドレスの胸もとを抱えるようにして脚を組んだ。

「寒いかい？」

「ううん。カラとジェブは映画を観に出かけたわ」とアビーは首を横に振って、意味もなくいった。

「ということは、ぼくらだけというわけだな？　で、どうしろというのかな？　かつてやったように、きみを抱えて二階へ連れていってもらいたいのかい？」ケイドは笑った。「悪いけど、川のほとりの一件でやめることにしたよ。あそこから先は、ニューヨークに戻ってから、相手をみつけてやることだね」

アビーはその言葉に身を切り刻まれるような思いがした。

「なら、そうするわ。もう遅いから失礼するわ」

ケイドがアビーの腕をつかんだ。ためらいがちなのが不思議だった。

「ぼくがここに来ると思ったかい？」

当たっていた。けれども、それを認めるぐらいなら死んだほうがましだと思った。

「くりかえすけど、あなたのほうに身を投げ出すことはもうやめにしたのよ」アビーはもの静かにいった。「心配だったら、ベッドルームのドアに鍵を掛ければいいじゃない」

「そんないい方はよせ。冗談をいってる場合じゃない」

「冗談？　冗談なんかいってやしないわよ」アビーは腕を振りほどいた。「おやすみ、ケイド」

「おい、話をしようじゃないか！」

「なにを話すの？　わたしのマナーが悪いということ？　唾棄《だき》すべき職業？　それとも身

持ちが悪いとでもいいたいの？」

「身持ちが悪いなんていった覚えはない」

「わたしがあなたに近づいたとき以外にはね」アビーはケラケラと笑った。

「きみはぼくの身になって考えようとしない。きみにとっては遊びかもしれんが、ぼくはちがう。年をとりすぎているからな」

「お言葉を返すようですけど、お爺ちゃま。わたしには、なにもあなたの生活を乱す気はありませんのよ」

ケイドがぐいと腕を引いたので、つかまれたところが痛んだ。

「ぼくはきみがほしいんだ」かれは声をひそめた。「誘惑しないでくれ。いまだってがまんできないぐらいだから。きみにペインテッドリッジを去ってほしいのは、このままだとぼくがなにをしでかすかわからないからなんだ」

「わたしがそんなことさせると思って？」アビーの唇がふるえて、それはささやきにちかかった。

「ぼくがその気になればさせるよ。それはきみも知っているはずだ。おたがいに触れはじめたら最後、ダイナマイトみたいに爆発してしまう」ケイドは手を放した。「しかし、それだけでは満足できない。肉体の欲求を満たすだけではだめなんだ」

ケイドと一夜を共にすれば、かれなしでは生きていけなくなる。それぐらいのことは、アビーにもわかった。

「土曜の朝発《た》つようにするわ」

沈んだアビーの語調に、ケイドはこころもち顔を曇らせた。けれども、かれはうなずいていった。

「それがいちばんいいよ。きみは傷ついた心を癒《いや》すためにやってきた。ぼくがいくらかでも役に立てたとしたらうれしいけど、けっきょくきみの世界はぼくの生きている世界とはちがうんだ。ここにいる期間が長くなればなるほど……」その先はいわなかった。かれはもう一本の煙草に火をつけ、「休んだほうがいい。ここは冷えこむから」といった。

「北極だものね」アビーはそういってケイドを見上げ、懸命に取りつくろって微笑みを浮かべたと思うと、かれの横を通って家のなかに入った。

階段を上りながら、すばやくふるまったために涙を見られなかったのが、せめてもの慰めだと思った。アビーが見えなくなるまで追いつづけたケイドの目には、崇拝に似たいろがあった。けれども、逃げるように足をはこぶアビーに気づくはずはなかった。

メリーとジェリーはフロリダからまっ黒に日焼けして戻ってきた。ケイドとのあいだがうまくいかなかったことを思い出させられるのがつらくて、アビーはしあわせそうなふたりを正視するに耐えなかった。

「留守のあいだどうだった?」メリーはふたりきりになると、さっそく聞いた。

ジェリーは駆り集めの手伝いにそそくさと馬で丘へ出かけて不在である。

「上々よ」アビーは嘘をついた。「ニューヨークから電話が入って、飲料会社とのあいだで長期契約が結べそうなんだって。すごく条件がいいのよ、それが」

メリーは顔色を変えた。

「ニューヨークへ帰るの? わたしはてっきり……」

「あなたが戻ってきたから、これで安心だわ」アビーはそういって笑顔をとりつくろった。

「ニューヨークへ帰りたいの。仕事に戻るということはすばらしいわ」

「だってまだあのことが……」

「ケイドのお陰ですっかり立ちなおったの」アビーはもの静かにいった。「一生忘れないわ。でも、かれはわたしを必要としない……それがはっきりわかったのよ。かれのために姿を消すわけ」

「ばかね、かれはお姉さんを愛しているわよ!」

アビーはたじろいだ。「ちがうわよ」涙があふれそうになりながらそういったけれども、その声がかすれた。「かれがなにか感じているとすれば、それは怒りだわ。牧場の生活を捨ててモデルになったことを怒っているのよ」

「かれと話し合ってみた?」

「話し合ったわよ」しかしアビーは争いのしどおしだったことを伏せた。「その結果、おたがいに相手を必要としないことがわかったのよ」アビーは踵《きびす》を返して階段に歩み寄った。「これから荷造りをするけど、手伝ってくれる？　あしたの朝発つ飛行機を予約しておいたわ」

「まあ、行かないでよ！」

しかし、いくら頼んでも説得しても、一度こうと決めたら最後、意志をひるがえす姉ではないということはわかっていた。翌朝ケイドが自動車でふたりを空港まで送った。

大型セダンが玄関のまえに止まったとき、ハンドルを握っているのがケイドであることに衝撃を覚えた。先日の夜と同じネイビーブルーのブレザーに黒っぽいスラックスをはいていたが、白い絹のワイシャツにブルーのネクタイを締めている。クリーム色のステットソン帽と、革のブーツがわずかに西部色を添えていた。

ターミナルに踏み込むと、搭乗案内がはじまっていた。アビーはスーツケースをぶら下げたままあわただしくメリーを抱擁した。目に涙があふれそうになった。

「手紙をちょうだいね」

「ええ、書くわ。行かなきゃいいのに」

「そうもいかないのよ。いろいろとしなきゃならないことがあって」

アビーは精いっぱいの虚勢を張って微笑みを浮かべた。

ケイドはひとこともいわず指に煙草を挟んで見下ろしていた。見上げたアビーの目に、かれはこよなくハンサムに見え、これが最後だと思うと胸が締めつけられた。

「さよなら。長いこと泊めてくれてありがとう」

ケイドはただうなずいていた。肩で大きく息をついていたが、口は真一文字に結んだままだった。

「じゃ……そろそろ行くわ」アビーの声はうわずって聞こえた。

ケイドは砂を詰めた灰皿に吸いさしを突き刺し、やにわに腕を伸ばしてアビーを引き寄せた。スーツケースが落ちた。アビーはちょっともがいたが、たちまち動きを封じられた。目を見つめ合ううちに、アビーはひざから力が抜けていくような気がした。アビーは小さく息をのんで唇を開く。その上にケイドの唇が重ねられた。

これまでに分かち合ったことのないくちづけだった。唇がそっと触れると、舌が噛み合った歯をこじあけ、ゆっくりと侵入してアビーの舌にからみついた。アビーはケイドの首に腕を巻いてつま先立ちになり、低いうめき声を発した。からだも唇も舌も溶けて渾然《こんぜん》一体となっていくような錯覚を覚えた。やがてケイドの腕から力が抜け、からだから唇の順に離れて、もとのふたりに立ちかえった。

ケイドはアビーの目を這うようにくまなく見つめた。「さよなら、アビー」しわがれた声でいう。

「さよなら、ケイド」アビーの声に涙が混じっていた。

ケイドが指先をアビーの頬に触れる。まるでアビーが美しい幻影になってしまったかのような、なにか心もとない触れかただった。

「きみを愛したかった」確かにそういった。

しかしケイドはアビーがわが耳を疑っているうちに踵を返し、ふりかえりもしないで遠ざかっていった。

アビーは理解しかねて、去りゆくケイドに視線を向けながら、「あの言葉はほんとに聞こえたのかしら」とひとりごとをいった。

「えっ、なんていったの」メリーが近寄ってきてきき返した。「わたし、遠慮しちゃった。あんなキスをしておきながら、お姉さんは帰るというわけ？」

アビーはため息をついた。きっとわたしは夢を見たのだわ……あるいは聞きちがえたのかもしれない。

「そうなの。乗り遅れちゃうから行くわ。かれをよろしくね」

「ほんとのことをいえば、ニューヨークに帰らなくてもよかったのに。まだ遅すぎはしない。走っていけば、かれに追いつくわよ」

「かれ、耳を貸さないと思うのよ」アビーはもの憂げにいった。「いったんこうと決めたら曲げない人でしょ。わたしは頭がどうかなって幻聴が起こったのよ。一場の夢とあきらめ、生きてゆくために仕事に戻るわ。だいじょうぶだから心配しないで。からだに気をつけて。じゃあね」

「お姉さんこそ」メリーはアビーの目を探るように見てからいった。「愛していなかったら、かれはあんなキスのしかたはしないと思うけどな。それをよく考えてみてね」

アビーは手を振り、飛行機のほうへ駆け出した。

機上の人となってからも、ケイドが別れぎわにいった言葉がくりかえし耳に響き、名残り惜しげなかれのキスを彷彿《ほうふつ》とさせた。アビーはそれらを記憶の奥にたくしこんで目をつぶった。なにもかも終わってしまった。わたしはかれに追い返されたんだわ。ふりかえってみてもはじまらない。わたしはモンタナとケイドを忘れて新規まきなおしをする。きっとできるわ。自分にいい聞かせながら、ふと気がつけば、残ったものは自分の仕事だけ。アビーはしみじみそう思わないではいられなかった。

11

モンタナ州の牧場でのどかなひとときを過ごしたあととあって、都会の生活に適応するのに数日かかった。やっとおちついてから二、三週間のうちに、約束のスケッチを描いてワイオミングのジェシカ宛てに送った。まもなくジェシカから電話があって、ブティックを見に来ないかと誘われたけれど、アビーはいい逃れて先へ延ばさなければならなかった。仕事に追いまくられていた。それに、飲料会社のコマーシャルに出演するとメリーにいった嘘がまことになって、ソフトドリンクのテレビコマーシャルに出てほしいという依頼が舞いこんだということもあった。渡りに船と引き受け、目の回るような忙しさだったけれども、忙しくなればなるほど空虚さも増していくようだった。

ほかの男たちとデートする気にはなれなかった。けっきょくケイドと比較することになってしまうものを、なんの甲斐があるだろうという気持ちが先に立つのだった。そんなわけで、仕事とケイドへの思慕に明け暮れた。そうこうするうちに孤独の影響があらわれはじめた。

以前はかれへの思慕が生活の支えであり、いつかはこの生活から足を洗えるという希望があった。しかしいまのアビーには希望がなかった。生きるよすがとなるものはなにひとつない。あるものは虚《うつ》ろで孤独な未来だけ。たとえばジェシカの申し出を受け入れてワイオミングに引っ越しても、ケイドとの距離が近くなるだけで孤独な生活には変わりがない。いや、距離が縮まる分だけ孤独も募るにちがいない。それに耐えていける自信がなかった。

ある金曜日の夜のこと、漫然とテレビを見ていると電話が鳴った。こんな時間にいったい誰かしらと思い、受話器を取った。

「もしもし」つぶやくようにいった。

「やあ、しばらく」とびこんできた太い声には胸を締めつけられるような懐かしさがあった。

イスに腰を下ろしながら、心臓の鼓動の速まるのがわかった。この声を最後に聞いてから四カ月になるけれど、たとえ死の床で聞いても思い出すにちがいなかった。

「ケイド?」ささやいた声が、こころもちふるえていた。

「ああ」しばらく間があった。「どうしてる、アビー?」

ゆっくり息を吸いこみながら〝あわてないで、見すかされるようなことをいっちゃだめよ〟と自分をいましめ、「わたしは元気よ」と、努めて明るく答えた。

「金曜日の夜だというのに、デートもしないのかい?」

アビーは視線を避けでもするように、金色のカフタンの胸もとをかき合わせた。

「飽きちゃったの。変わりはない？　メリーは……？」

「元気だ。ジェリーと週末をイエローストーンで過ごしている」

「そう」そういって受話器をしっかり握りしめた。「じゃ、うまくいってるのね」

「そうでもないんだ」ケイドはしばらく間をおいてからいった。「ハンクがやめるんだ」

「まあ、ハンクが？」アビーは背筋を伸ばした。

「どうして？」

　ケイドは虚ろな笑い声をたてた。

「ぼくがひどい人間なんで、いたくないとさ」

「まあ」ケイドの声がどこかおかしい。ふだんとちがっていると思った。「あなた、どこか悪いの？」

「ぼく？　いや……元気だよ」といってまた笑い声を響かせた。「この瓶を空けたらもっと元気になるけどね」

「飲んでるのね？」

　声がちがって聞こえるのはそのせいだわ。アビーははじめて納得がいった。

「ショックを受けたかい？　ぼくだって人の子だよ。もっとも、きみはそう思っていなかったらしいがね」ドシン、ガラガラという音がして、「ちくしょう、家具の野郎め、足をひっかけやがって！」

アビーは電話のコードに指をからめて聞いた。

「誰かいっしょなの？　カラ？」

「カラはジェブと映画に行ったよ。結婚するといい出すんじゃないかな」かれはここでため息をひとつついた。「アビー、そのうち独り身《ひと》は地球上できみとぼくだけ、ということになるかもしれないな」

「なぜお酒を飲んでるの？」アビーは気になって聞いた。「べつにあなたが傷ついたわけでもないのに」

「ひどいことをきくんだね、ひとの気持ちを滅多切りにしておいて。四年まえバスに乗っていなくなったときもそうだった。会いたくてたまらないんだよ、アビー」

アビーの頬を涙がふた筋つたい流れた。

「わたしも」といって目を閉じ、唇を噛んだ。「片ときも忘れたことはないわ」

受話器の向こうから深いため息が聞こえた。

「あの日、川のほとりで愛し合うべきだった。きみの写真をベッドのかたわらに飾って、いつも見ては悔やんでいる」

アビーにも、四年まえニューヨークへ持ってきたケイドの写真があった。それには胸にかき抱いてできたしわがあった。

「セックスを基盤に愛を築くことはできない……そういったのはあなただわ」

「いや、ただのセックスじゃない。四年まえには、きみを妊娠させることにためらいがあったんだ。わかるだろう？　きみから選択権を奪うことはできなかった。きみにたいする気持ちがどうであれ、ここに引きとめることはできなかったんだよ、アビー」

アビーは受話器を両手で握りしめた。

「バスに乗って、まるで囚人が自由になったように、にこにこ笑って二度とふりかえろうとはしなかった。きみのお父さんに結婚したいといったら、夜中までいい合いになったよ。まだ若いし、牧場を逃れて新しい世界を拓《ひら》こうとしているんだから、しばらくそっとしてやってくれ。きみのお父さんはそういった。いざというときに、引きとめられなかったぼくの負けだよ。しかし、あのときはじきにニューヨークに飽きて戻ってくると、たかをくくっていた。でも、これは甘かった。きみは戻らなかったからね」ケイドの言葉には自嘲と失意と、傷つけられた誇りと、それにさまざまな思いがこめられていた。

「でも、あなたは一度も行かないでくれといわなかったわ。どんな女ともかかわり合いになりたくない、自由を縛られるのはいやだ、とはいっていたけれど」

ケイドは笑った。

「ぼくはね、きみが十五のときから自由だったことはないんだよ。きみ以外にほしいと思った女性はひとりもない。これからだってそうだ」

「でも、行かせたのはあなただわ。わたしはまだ十八だったのよ。ひとこと行くなといってくれたら、振り切ってまで行くほどの意志なんてなかったわ！　そのひとことを、どうしていってくれなかったの？」

ケイドは黙っていた。暗い沈黙だった。アビーは気がつかなかったが、涙が頬を伝い、声がふるえていた。

「わたしは都会に魅せられている、とあなたはいったけれど、この四年間、あなたの写真を見ては泣き暮らしていたのよ。それを知りもしないで、今度はむりやりわたしを飛行機に乗せたんだわ！　ぼくをなぶり者にしたとかなんとか、見当ちがいのことをいって。もしもし？」

電話は切れていた。アビーは受話器を戻してわっと泣き崩れた。かけてきたって、二度と出てやらないから。ウイスキーなりなんなり、へべれけになるまで飲めばいい。わたしの知ったことではないわ。アビーは電気を消してベッドにもぐりこんだ。

それから数時間後のこと、アビーはしつこく鳴りつづけるドアベルに目を覚まして上体を起こした。夢かしらと思ったけれどまた鳴りはじめたので、金色のカフタンをひっかけて戸口へ足をはこんだ。

「どなた？」

「誰だと思うかね。ドアを開けてくれ、さもなきゃこじ開けるよ」

「まあ、ケイドなの？」

心臓が早鐘のように打ちだした。アビーはふるえる手で鎖をはずし、鍵を回してドアを開けた。そこにはケイドがたたずんでいた。

12

息の根が止まるかと思った。これが現実とはとうてい考えられない。立っているのは紛れもないケイドだった。アビーは胸のうちで、夢が現実になるとはこのことだわ、とつぶやいていた。

「このとおりやってきたよ、アビー」ケイドはささやいた。かれの目は透けて見えるカフタンごしに乳房に注がれていた。「きみを思うたびに、ぼくにも同じことが起こった。四カ月になるな、アビー。そのあいだぼくはなにひとつ手がつかず、手負いの熊みたいに歩きまわっていた。今夜、きみの声を聞いてたまらなくなった。受話器を置くなり空港へ駆けつけて、最終便に乗ったんだ」

ケイドはアビーを抱き寄せ、飢えたようにキスをした。アビーの口から低いうめきがもれると、かれは抱き上げてベッドルームに入った。

「今夜は夜の明けるまで愛してやる。話はそれからだ」

「妊娠するかもしれないわ」

「ああ、してくれ。それでぼくらは生涯いっしょに暮らすことになる。イエスかノーか、いってくれ、もしノーだったら、このままモンタナに帰って二度ときみのまえにはあらわれないつもりだ」

力強い抱擁に身をまかせながら、アビーはからだがふるえてどうしようもなかった。

「ただの情事だったら、そのあとどうやって生きていけばいいかわからないわ」

「メリーに聞いて、はじめてわかった。ぼくはずいぶんばかだった」ケイドはつぶやきながらアビーをベッドに横たえ、ゆったりしたしぐさでシャツを脱いでかたわらに放った。

そして手がベルトをゆるめにかかる。衝撃のあまり身じろぎひとつしないアビーの目のまえで、ズボンもシャツと同じ経過をたどった。

「耐えられないような気がするかもしれないけど」ケイドはつぎつぎと脱ぎながらささやいた。「こないだぼくのいったことを思い出してくれ。ぼくは女性のまえで裸になったことは一度もない、そういったはずだ」

ケイドはベッドのふちに腰を下ろし、アビーの上体を起こしてカフタンを脱がせにかかった。

「きいておきたいことがひとつある」ケイドは温かい手を腹から胸にかけてすべらせた。

「電話でいったことはほんとかい？」

アビーは息をのんできいた。

「ニューヨークの生活は孤独で寂しい、ということ？」

「そうだ」

「ほんとよ。しあわせなのはあなたといっしょのときだけだわ。あなたのもとを去るのがどんなにつらかったか、とうていわかってもらえないわ」

「ぼくだってこの四年間、夢遊病者みたいな生き方をしてきた。今夜電話をかけるまで、きみの気持ちがわからなかったとは、なんと愚かだったんだろう」

「あなたは、のべつ女とかかわり合いになりたくないといっていたもの、わたしには打ち明けようもなかったわ。わたしを遠ざけたのはあなたよ」

「仕方がなかったんだよ。いまでもそうだけれど、ぼくはきみにたいする感情を抑えることができなかった。プールサイドで会ったとき、すんでのところできみを自分のものにするところだった。きみのもとを去ったぼくは、子どもみたいにふるえていた。あのときぼくは酒の力を借りなければ寝つかれなかった。今日を除いて、酒に頼ったのはあとにも先にもあのときだけだ」ケイドの指が、とても貴重なものに触れるように乳房に触れた。「きみの美しさはあのときのままだ」

アビーは手で胸毛をさすり、指をからめながら、「ちっとも知らなかったわ」とささやいた。

「ぼくも」といってケイドはぶるっと身をふるわせた。「そんな触れ方をされると、がまんができなくなるじゃないか」

「わたしたち、愛し合うんでしょう？」

「きみがぼくと結婚することに同意すればな」ケイドはおちつきはらった口調でいった。

「ぼくだってきみを相手に情事をもとうとは思わない。ぼくの愛を受け入れるということは結婚を承諾することにほかならないんだよ」

「ペインテッドリッジを相続する息子が必要だから？」

「ばかだな、きみを愛しているからじゃないか。永年にわたって愛してきたから、ぼくにとってはあたりまえのことになってしまった。もしいっしょにモンタナに帰ってくれなかったら、ぼくのほうで引っ越してくる。そして、結婚しますからもう勘弁してください、というまで愛して愛して愛しぬく」

　アビーの目に涙が浮かんだ。

「じゃ、わたしを愛しているのね、ケイド？」

「ああ、愛だなんて、これだけの思いを表現するには、なんとまだるっこしい言葉だろう！」ケイドはふるえ声でそういうと、両手でアビーの顔を挟み、「いつもきみといっしょでありたい。もしきみが病気になったら、ベッドのそばにつきっきりで看病したい。愛し合わないときでも、きみの肩を抱いていたい。きみに子どもを産ませたい。とりわけぼくは死ぬまできみと暮らしたい。いいとき悪いとき、人生の浮き沈みをふたりして耐えながら死を迎えたい、そう思っているんだ」

ケイドの言葉に、思いがすべて叶《かな》えられた気がした。とめどもなく流れる涙をぬぐおうともせず、アビーは指先でケイドの頬をなぞりつづける。

「四年まえバスに乗ったときは、あなたの顔が見られなかったのよ。見ようものなら足もとにひれ伏して、行かせないで、引きとめて、と哀願しそうだったもの。あなたに愛を抱きはじめたのは、十五になるかならないころだわ。それ以来ずっと思いつづけてきたの。ニューヨークでモデルなんか、したくてしてるわけじゃないわ!」

アビーの言葉をケイドの口が封じた。かれはアビーのかたわらに身を横たえ、からだに腕をまわして唇を合わせた。と思うまに舌がゆっくりアビーの口を押し開き、侵入して彼女の舌にからみついた。同時に胸と胸、腰と腰がもどかしげに接触を求め、ふたりはかつてない親密さのなかにのめりこんでいった。

「教えて、ね、ケイド」

ケイドの手が新しい領域を探索しはじめる。

「ぼくだって、初めてみたいなものだ。痛かったらそういってくれ。きみに痛い思いをさせるぐらいなら死んだほうがましだ」

しゃべりながらも、ケイドの唇はアビーの首筋から肩、そして胸へと移動していった。アビーのからだを甘美な快感が波のように襲っては退《ひ》いていく。歓喜の上に歓喜が積み上げられ、アビーは唇の緩慢な移動に耐えかねて身をよじり、背を弓なりに反らし、歓びの言葉をケイドの耳にささやいた。

突然、アビーが目を開いた。ケイドはその目に欲望と恐怖を読みとり、「ぼくを怖がらないで。愛している。信用してくれ」とささやいた。

彼女はまた目を閉じた。ケイドの唇がアビーのそれを優しくなぶって、つづいてやってくるものにそれとなく備えさせた。

かれのからだがゆっくりアビーにのしかかるにつれて、彼女の手は黒い髪にからまる。キスといいからだの動きといい、優しい心づかいがあふれているのでアビーは恐怖を忘れ、かれのなすがままに任せた。

痛みがあったかなかったかはわからない。ケイドに与えることの歓びに酔っていたアビーは、たとえあったにせよ、ほとんど感じなかった。

男が女にたいしてこれほど優しいとは想像もつかなかった。一秒一秒が飢えを募らせ、愛を分かち合うことの甘美さが増す。アビーはケイドの首にしがみついた。ああ、なんてそれは優しいことだろう。いいようもなくすてきで美しい。アビーの目が涙でうるむ。涙は目から頬を伝い、合わせた口に流れこむ。塩辛い味わいがあった。耳にケイドのつぶやきを聞いた。言葉は定かではない。やがてそれは祈るように口ずさむ自分の名前だとわかった。

すると優しさが情熱に変わった――それはだしぬけに、夏の嵐のように襲いかかって、ふたりを巻きこんだ。

アビーの口をついて出る声が涙声になった。激しい動きをケイドの手が押さえて導き、教える。苦しいまでの快感に襲われ、アビーはケイドの肩口を噛んだ。愉悦のあまりアビーは叫んだ。まもなくどうにもならない情熱に駆り立てられ、ふたりは頂上に向かってまっしぐら、せめぎ合い、奪い合って、ひとつになり、ささやきをかわし、のぼりつめてめくるめく閃光とともに果てた。

それからしばらくたって、アビーは、煙草に火をつけて深々と吸いこむケイドに身をすり寄せた。彼女の口から低い、勝ち誇ったような、いかにも楽しげな笑いがもれた。

かれは腕を回してアビーを引き寄せ、低い声で笑った。

「あんなすばらしい気持ちになれるなんて、想像もつかなかったよ」

「わたしも。死んじゃうかと思ったわ」

ケイドの胸が大きく波打っていた。

「結婚したら、あの本を額に入れてベッドの上につるさなくちゃならん」

「本?」

ケイドはいたずらっぽい目つきをして笑った。

「愛のテクニックについて書いた本を二、三週間まえに買ったんだよ」かれはきょとんとした顔つきのアビーを見やって、さもおかしそうに笑いだした。「ほら、ぼくはこれまでの人生の半分を牛馬相手に過ごしてきたといっただろう？　どこでセックスのことを学んだと思うかね。女というものは男がセックスについてなにもかも知っていることを期待しながら、どこでその知識を仕入れたかと疑惑の目を向けたがる」

アビーは一瞬、意地悪そうに目を輝かせた。

「だって、あなたは選《よ》り取り見取りだったでしょ？」

ケイドはアビーの鼻の頭にキスをした。

「こんなにも欲しいと思ったのはきみひとりだ。ぼくだって修道僧じゃないけれど、好きでもない女と寝ることに楽しみを感じたことはない」

アビーは好奇心に満ちた目で見つめた。

「いまわたしにしたことはみんな本から学んだ、というわけ？」

「ああ。入門書の類だけれどね、いい本であることが実証されたな。じつは、クリスマスまで待って、それからニューヨークへ来てきみの気持ちを確かめるつもりだったんだよ」

ケイドはがっちりした肩をすくめた。「ところが今夜、カラがジェブと出かけただろ。すると急に寂しくなって飲みはじめた。あんなに飲んだのは何年ぶりかだよ」といってケイドは上気したアビーの顔を見下ろした。「電話をしてみて、きみの気持ちがよくわかった。非難もされたけれど、あれは世にも甘美な音楽だった。それでぼくは矢も盾もたまらず、ハンクをたたき起こして空港へ車をとばした。このとおり、ひげを剃る暇もなかった」

「かれはやめるんでしょ?」

「きみに会いに行くとわかったら、撤回したよ」ケイドはにっこり笑った。「きみの気持ちの察しがつかないようじゃ見込みがない、と思って見切りをつけたんだそうだ」

「ふたりとも察しが悪かったのね」アビーはそういってむさぼるようにケイドを見つめ、「愛してるわ」とささやいた。

「ぼくも愛している」ケイドは背を屈めて優しくキスをした。「いままで築き上げてきたものを捨ててペインテッドリッジに住めるかい? もしできなかったら、ぼくのほうで妥協してもいい。きみが愛してくれていることがわかったから、ぼくはそれでもいい」

「毎晩愛してくれるんだったらなんでも捨てるわ。命だって惜しくないの」アビーは身を寄せた。「ニューヨークは嫌いなの。来て三カ月もたつと、華やかさは色褪《あ》せるし、目に映るものが物珍しくなくなったわ。日中は仕事で気も紛れるけれど、夜になるといつも、あなたの腕に抱かれておなかにあなたの子を宿すことばかり考えていた……」

「そんなことをいわれると、またむらむらしてくるじゃないか」

「ねえ、連れてって」アビーは胸毛を指にからめながらいった。「いっしょに帰りましょう」

ケイドは煙草を揉《も》み消して腹這いになった。

「しかし、子どもを産んで育てるだけのことに、四年かかって築き上げたものを犠牲にするのはいかにも惜しい。ぼくの妻になるために人間であることを放棄してほしくないんだ。人間誰しも目的意識と、成就感をもたずには生きていけないからね」

「ああ、そうだった。ジェシカ・デインのことをいってなかったわ！」

アビーは披露宴での自分の行動を含め、ジェシカにデザインの発注を受けていることを打ち明けた。

「そうとは知らずに、悪いことをしたな。あやまるよ」

「いいのよ、あなたは知らなかったんだもの。だからわたしはときどき縫い子さんを監督しに出かけるだけで、普段は家で仕事ができるのよ。もともとモデルよりデザイナー志望だった、ということもあるし」

「そいつは願ったり叶ったりだ。女の子が生まれたらパーティドレスも作ってやれるしな」

アビーは笑った。

「だけど男の子じゃだめよ。男の子がペチコートをはいてパレードなんかしたら大変だわ」彼女は上体を傾けてもの憂げにキスをする。「しゃべりすぎて喉が痛くなっちゃった。その本に書いてあること、もう少し教えてよ」

ケイドは笑った。

「そのまえにいっておくことがある。じつはハンクがあした夜が明けるのを待って、あちこちに電話をすることになっているんだよ」

「なぜ?」

「今度の土曜日に牧師も招《よ》ぶことにした」

「え?　わたしたちの結婚式?」

「うん、ほかに客が五十人ほど」

「まあ、すてき!」

「盛大に結婚式を挙げよう」

「今度の土曜日に?」

「善は急げというからね。客は招んであるし、式の準備も指示ずみだし、もし断られたら花嫁をどこから調達しようかと思ってね、途中、飛行機のなかで気が気でなかった」

「困ったわ、急なことで。わたし、どうすればいい?」

「横になれよ、教えてやるから」ケイドは笑いながらアビーを仰向けに寝かせた。「これは本のなかで最高の章なんだがね……」

アビーはかれのキスを受けながらにっこり笑った。ペインテッドリッジに帰ったら、わたしも首っ引きで勉強しなくちゃと思った。

●本書は、1985年5月に小社より刊行された作品を文庫化したものです。

とぎれた言葉
2025年2月15日発行　第1刷

著　　者／ダイアナ・パーマー
訳　　者／藤木薫子（ふじき　かおるこ）
発 行 人／鈴木幸辰
発 行 所／株式会社ハーパーコリンズ・ジャパン
東京都千代田区大手町 1-5-1
電話／04-2951-2000（注文）
0570-008091（読者サービス係）

印刷・製本／中央精版印刷株式会社

表 紙 写 真／© Nataliia Sdobnikova | Dreamstime.com

ISBN978-4-596-72390-1

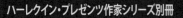